www.ingramcontent.com/pod-product-compliance
Lightning Source LLC
LaVergne TN
LVHW051008080826
845145LV00009B/2521

خفیه‌نگاری خشونت در سرزمین آدم‌لِتی‌ها

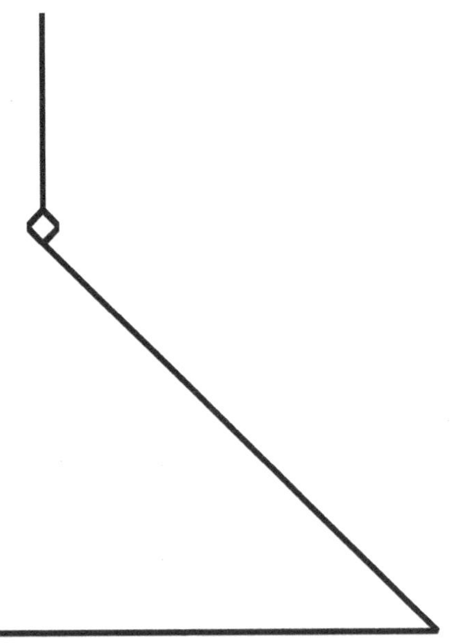

خفیه‌نگاری خشونت در سرزمین آدم‌لِتی‌ها

نوشته‌ی: **شاپور جورکش**

- ۱۴۰۰ -

خفیه‌نگاری خشونت در سرزمین آدم‌لِتی‌ها

نوشته‌ی: شاپور جورکش

شابک: ۹۷۸-۱-۹۴۹۷۴۳-۲۸-۹

به زنان: پروردگان خاک و پناه خاکیان؛
به خواهرانم: **نسرین و پری**

فهرست

درآمد

کودکی‌ها، قصه‌ای می‌خواندیم که روایت جهرمی‌اش «آدم ـلِتی» نام دارد، یعنی نصفه ـآدم: پادشاهی بود که گنجش را دیوی ربوده بود و پیرانه، فرزندی نداشت که مال از دست‌رفته‌اش را برگرداند. روزی درویشی می‌آید سیبی به او می‌دهد و می‌گوید نصف‌اش را خودت بخور و نصف دیگرش را بده زن‌ات بخورد. در نتیجه دوتا پسر گیرشان می‌آید، یکی سالم و یکی آدم ـلِتی که یک چشم، یک گوش، یک دست و یک پا دارد. هر دو پسر به دنبال گنج می‌روند. پسر سالم در برابر ترفندها و معماهای دیو و دختر دیو درمی‌ماند و جان خود را از دست می‌دهد. ولی آدم ـلِتی با کمک گرفتن از دانش دختر دیو و نهایتاً با شکنجه کردن و وادار کردن او به همکاری، از محل گنج آگاه می‌شود و پیروز باز می‌گردد.

ظاهراً معمای ابوالهول ایرانی، به جای آموزه‌ی «خودت را بشناس» آموزه‌ای دیگر پیش روی انسان ایرانی می‌گذارد: «نیمه‌ی دیگرت را بشناس!» آموزه‌ای آدم ـحوایی و بنیادین که درونمایه‌ی بیشی از

داستان‌های هدایت و شعرهای فروغ را هم به خود اختصاص می‌دهد. توجه برانگیز این‌که ابوالهول یونانی نیمه-زن و نیمه-حیوانی است که مردانی را به پرسش می‌گیرد که اگر موفق به پاسخ نشوند، جان خود را از کف می‌دهند.

خشونت در ادبیات و تاریخ

از سویی دیگر، شکنجه کردن دختر دیو، اشاره به این اصل دارد که «نیروی خیر» برای رسیدن به مقصود خود، به همان ابزاری دست می‌یازد که ظاهراً «نیروی شر» بر آن استوار است: خشونت. کاربرد خشونت از سوی عاملان «خیر» در وقایع اجتماعی ــــ مثل همین افسانه ــــ به همان اندازه ردِّ پای خود را به جا گذاشته است که از سوی عاملان «شر»: در تاریخ ادبیات مشروطه، یکی از پیشنهادهای میرزاده‌ی عشقی این است که سالی یک‌بار «عید خون» راه بیندازیم و تعرض‌گران به حقوق مردم را تکه‌پاره کنیم.

شعر مشروطه، شعر خون و باروت است:
قصه‌ی توپ و تفنگ است بیا تا برویم

ایرج میرزا

بس آتش کین به خاک زرتشت زدیم

فرخی

خونریزی آن‌چنان‌که ز هر سوی جوی خون
ریزد میان کوچه و بازارم آرزوست

عارف

همچنین می‌بینیم هوشنگ ایرانی، فلسفه‌ورز، شاعر و عارفی که در خیر بودن نیت‌اش تردیدی نیست، در بیانیه‌ی «سلاخ بلبل» در قلمرو نمادین خود، یعنی روی تکه‌کاغذی که در اختیار دارد چنان خشونتی به نمایش می‌گذارد که خواننده می‌تواند تصور کند اگر این درویش قلمروی مادی یا سیاسی داشت، چه ها که نمی‌کرد. این شاعر و ریاضی‌دان برجسته در ماده‌ی پنجم بیانیه می‌نویسد: «ما کهنه‌پرستان را در تمام نمودهای هنری: تئاتر، نقاشی، نوول، شعر، موسیقی، مجسمه‌سازی، محکوم به نابودی می‌کنیم...» در بند هفتم این بیانیه چنین می‌خوانیم: «هنر نو بر گورستان بت‌ها و مقلدین منحوس آن‌ها به سوی نابود کردن زنجیر سنن و استوار ساختن آزادی بیانِ احساس پیش می‌رود». ادبیات ما به همان اندازه با خشونت انباشته شده که تاریخ‌مان؛ نمودهای خشونت در تمام اجزاء جامعه‌ی طغیان‌زده، و در همه‌ی اقشار، فارغ از جنسیت، یک شکل عمل‌کرده است. کتاب *ایران بین دو انقلاب*، در مورد وقایع آبان ۱۲۹۰، آن‌جا که سخن از اولتیماتوم قلدرانه‌ی روس‌ها علیه ایران است و تهدید به این‌که اگر خواسته‌هایشان پذیرفته نشد تهران را اشغال می‌کنند، می‌نویسد: «... ۳۰۰ زن با تپانچه‌های پنهان در زیر چادرهایشان به راهروهای مجلس ریختند و تهدید کردند که هر نماینده‌ی پذیرنده‌ی اولتیماتومِ روس‌ها را خواهند کشت.»[1]

---

۱. ***ایران بین دو انقلاب***، یرواند آبراهامیان، ترجمه‌ی احمد گل‌محمدی و محمدابراهیم فتحی، نشر نی، ص ۱۳۷.

ماهیت خشونت

آیا خشونت به خودی خود، از مؤلفه‌های «شرّ» است؟ آیا نیروی «خیر» از این عنصر مخرب بری است؟ آیا خشونت یک ویژگی فردی است؛ تمهیدی برای صیانت هر موجود زنده است؟ یا چیزی اکتسابی است که از خباثت جمعی نشئت می‌گیرد و حاصل آلودگی به خبث توده‌وار است؟ ادبیات معاصر ما کمتر مجال آن داشته که به ماهیت خشونت بپردازد، چراکه هنوز آن را امکانی بالقوه برای رویارویی با بیداد می‌داند. هرمن ملویل در رمان **موبی‌دیک** و داستان بلند **بیلی‌باد** می‌کوشد به این پرسش پاسخ دهد. بیلی‌باد، بچه‌ای سرراهی، زیبا و با معصومیتی ذاتی است؛ لکنت‌زبان او اشاره‌ای دارد به طبیعتِ بکر و نیالوده به رفتارهای توده‌وار. وقتی «بیلی‌باد» به عنوان جاشوی یک کشتی جنگی به کار مشغول می‌شود، زیبایی و معصومیت او مورد حسادت و تنفر کلاگارت، افسر خبیث و سیاهکار کشتی قرار می‌گیرد. بیلی‌باد که از درک این دژخویی بی‌دلیل ناتوان است، و نمی‌تواند بفهمد چرا نیروی «شرّ» میل به نبودی «خیر» دارد، هنگامی که کلاگارت علیه او توطئه‌ای می‌چیند و پیش ناخدای کشتی، ناخدا ویر، وانمود می‌کند که بیلی در تدارک یک شورش است، ناتوان از سخن گفتن و دفاع کلامی، کلاگارت را با ضربه‌ی مشتی نابود می‌کند. ناخدا ویر با آن‌که می‌داند حق با بیلی است و مطمئن است که او در نظر همه‌ی جاشوان به عنوان «فرشته‌ی خدا» معروف است، حکم به اعدام بیلی می‌دهد و در سحرگاه روز بعد

بیلی در برابر چشم همه‌ی جاشوان اعدام می‌شود؛ ولی بیلی، در مقام «نیروی خیر»، درست در لحظه‌ی مرگ به عنوان آخرین کلام، برای ناخدا ویر آرزوی خیر و عافیت می‌کند. منتقدان و مفسران ادبی درباره‌ی این داستان بسیار نوشته‌اند، ولی آن‌گونه که خانم هانا آرنت در کتاب ***انقلاب*** به تعبیر این داستان با توجه به زمینه‌ی اجتماعی آن می‌پردازد، از این نظر تأثیرگذارتر است که این داستان را در موقعیت اجتماعی خاصی قرار می‌دهد که موجد و انگیزه‌ی برآمدن آن داستان است. نقل چکیده‌ای از متن کتاب، برای درک این تعبیر ضروری است: در کتاب ***انقلاب***، هانا آرنت به مقایسه‌ی انقلاب‌های آمریکا، فرانسه و روسیه می‌پردازد و معتقد است تنها انقلابی که توانست به بخشی از آرمان‌های خود برسد انقلاب آمریکا بود، چراکه آمریکا برای آزادی مبارزه می‌کرد، ولی انقلاب فرانسه، که برای انقلاب‌های بعد از خود، به صورت الگو درآمد، برای عدالت می‌جنگید؛ آرنت استدلال می‌کند که مردان انقلاب فرانسه به خاطر اجرای عدالت، بر پا برهنگان و تیره‌بختان تکیه کردند. و با این توهم که «انسان طبیعی»، نیک‌نهاد است، توده‌ها را موتور انقلاب قرار دادند. آرنت استدلال می‌کند که تهیدستان جز نیروی ویرانگر خشم و کینه چیزی ندارند و این همان نیرویی است که روبسپیر بر آن تکیه کرد و حکومت خوف‌آوری پدید آورد که فقیر و غنی را از هم جدا می‌کرد. تکیه بر نیروی پابرهنگان، به عنوان «نیروی خیر»، باعث شد که پابرهنگان معیار «حق» قرار

گیرند و حقوق دیگر اقشار جامعه با این معیار خاص سنجیده شود که به هر حال معیاری عام نبود. هر اقلیت یا اکثریتی که پایه‌ی سنجش حق قرار گیرد، این خطر را بالقوه در خود می‌پرورد که به استبداد ختم شود. هرچند اجرای عدالت از نیازهای اولیه‌ی بشری است، هر انقلابی که علیه گرسنگی و بیداد باشد تنها زمانی به کمال نزدیک می‌شود که در مرحله‌ی دوم خود، در پی آزادی فرد فرد جامعه باشد؛ و خوشبختی همگانی آن‌گاه محقق می‌شود که همه‌ی آحاد مردم بتوانند در ساختار جامعه سهمی داشته باشند؛ خانم آرنت می‌گوید:

> ملویل با داستان بیلی‌باد پاسخی می‌دهد به مردان انقلاب فرانسه که در پیکار با جبر و ...ستمگری، از نیروهای عظیم ناشی از بینوایی و مسکنت استفاده و سوءاستفاده کردند... فرانسه جز شکست راهی نداشت... طغیانِ شکم بدترین طغیان‌هاست... هر جا با فرو ریختن مراجع، تهیدستان به راه افتادند. خشم دیوانه‌وارشان... جهانی را در خود فرو برده است.»[1]

نویسنده با تأکید بر این‌که هیچ بنی بشری شایسته‌ی داشتن قدرت مطلق نیست، چاره‌ی رهایی از استبداد را در بهنجار کردن و نیرومندتر ساختنِ قدرت می‌داند، و نه از طریق از بین بردن قدرت.

---

۱. ***انقلاب***، هاناآرنت، ترجمه‌ی عزت‌الله فولادوند، انتشارات خوارزمی، چاپ اول، ۱۳۶۱، صص ۱۵۵ـ۱۵۷.

به نظر نویسنده، در انقلاب آمریکا، امر قدرت، نه با تکیه بر قدرت تهیدستان، بلکه از راه پیوند دادن قدرت‌های ایالت‌های مختلف به دست آمد که رابطه‌ی خاص آنان با قدرت مرکزی، یا «امر مطلق» بر اصول نظارتیِ درستی بنا شده بود. آرنت با این فرض که مردان انقلاب فرانسه با «نیک‌نهاد» پنداشتن تهیدستان، و با تکیه کردن بر نیروی آنان، به همدردی با هابیل علیه قابیل برخاستند، معتقد است حتی اگر توده‌ها «نیک‌نهاد» هم باشند، خشونت، خشونت است. و «خیر مطلق» هم می‌تواند خشونتی به‌مراتب سخت‌تر از خشونت «شرّ مطلق» داشته باشد؛ در اثبات همین نظر است که هانا آرنت، بیلی‌باد را تفسیر می‌کند:

> دستکم از شاعران می توان آموخت که خطر خیر مطلق کمتراز شرّ مطلق نیست... ملویل... می‌دانست به مردان انقلاب فرانسه که می‌گفتند انسان در وضع طبیعی خوب است و در جامعه به خباثت آلوده می‌شود، چگونه پاسخ بدهد. ملویل این کار را در کتاب **بیلی‌باد** انجام می‌دهد. گویی در این داستان می‌خواهد بگوید: گیرم حق با شما باشد و آن «انسان طبیعی» که از او صحبت می‌کنید مانند یک کودک «سرراهی» بیرون از حیات و مراتب اجتماعی به دنیا بیاید و آراسته به موهبت خوبی و معصومیتی وحشی، دوباره [مثل مسیح] در جهان به راه بیفتد... ولی موضوع داستان خیر، فراتر از فضیلت، و شرّ ورای رذیلت است و طرح

داستان از روبه‌رو شدن این دو، شکل می‌گیرد. دو مردی که این‌گونه خیر و شرّ را تجسم می‌دهند، به هیچ‌جا در جامعه متعلق نیستند. بیلی‌باد کودکی سرراهی بوده است و شخصیت مخالف او کلاگارت هم معلوم نیست از چه اصل و ریشه‌ای است... خوبی طبیعی «الکن» است؛ بیان‌اش مفهوم و رسا نیست؛ اما از خبث قوی‌تر است زیرا خبث، حالت فاسد و تباه طبیعت است و طبیعتِ «طبیعی» نیرومندتر از طبیعت منحرف است. عظمت این بخش داستان در این است که خوبی چون جزئی از طبیعت است، ضعف و افتادگی نشان نمی‌دهد بلکه با قدرت و حتی خشونت عرضِ اندام می‌کند. هیچ‌چیز مگر همان عمل خشونت‌آمیز بیلی‌باد که مردی را که علیه او به دروغ شهادت داده بود با ضربتی به قتل می‌رساند، نمی‌توانست در این‌جا وافی به مقصود باشد چون این عمل «تباهی و فساد» طبیعت را نابود می‌کند. اما این پایان کار نیست، تازه اول داستان است. «طبیعت» مسیر خود را پیموده است و درنتیجه آن‌که خبیث بود به هلاکت رسیده و آن کس که خوب بود چیره شده است. درد در این‌جاست که حتی اگر فرض کنیم بیلی‌باد هرگز معصومیت خود را از دست نداده و هنوز یک «فرشته‌ی خداست»، اکنون به علت مواجهه با بدی، او هم تبهکار شده است. در این هنگام «فضیلت» در لباس

ناخدا ویر در تعارض میان خیر و شرّ مطلق وارد می‌شود و همین آغاز تراژدی است. فضیلت شاید به پای نیکی نرسد ولی به هر حال تنها چیزی است که می‌تواند در قالب «نهادهای پایدار» [و قوانین] تجسم و صورت خارجی بیابد. و باید حتی اگر به زیان نیکان هم شده، فائق بیاید. معصومیت مطلق طبیعی به دلیل آن‌که فقط از راه خشونت می‌تواند وارد عمل شود، «با آرامش جهان و آسایش حقیقی بشر در ستیز است.» از این رو سرانجام، فضیلت مداخله می‌کند نه به خاطر این‌که بدی را از تبهکاری بازدارد بلکه بدین منظور که معصومیت مطلق را به کیفر خشونتش برساند. کلاگارت را «یک فرشته‌ی خدا کشته است، ولی همین فرشته باید به دار آویخته شود!» تراژدی در این است که قانون برای انسان‌ها وضع شده است نه برای فرشتگان یا اهریمنان. قوانین و «نهادهای پایدار» نه‌تنها در برابر یورش شر طبیعی و بنیادین تاب نمی‌آورند بلکه زیر ضربت معصومیت مطلق نیز فرو می‌شکنند. قانون در حد فاصل جنایت و فضیلت حرکت می‌کند و نمی‌تواند فراسوی این دو چیزی را بشناسد. برای شرّناب هیچ کیفری در قوانین نیست، اما خوبی ناب ناگزیر باید به مجازات برسد هر چند مردی با فضیلت مانند ناخدا ویر خوب می‌داند که فقط این نیکی خشن قادر است با قدرت تبهکارانه‌ی بدی پنجه

درافکند. امر مطلق.وقتی وارد قلمرو سیاست شد، همه را به کام نیستی می‌برد و در نظر ملویل حقوق بشر شامل یک امر مطلق است.» «... بیلی‌باد اگر با زبان فرشتگان هم سخن گفته بود نمی‌توانست کذب اتهامات آن «شر محض» را ثابت کند... ملویل رابطه‌ی قاتل و مقتول را در جنایت افسانه‌ای قتل هابیل به دست قابیل که نقشی چنان عظیم در سنت سیاسی ما داشته، معکوس کرده است. این کار بی‌دلیل صورت نگرفته بلکه نتیجه‌ی آن است که مردان انقلاب فرانسه قبلاً قضیه را معکوس کرده و خوبی اصلی را جانشین گناه اصلی آدم ساخته بودند. در پیش‌گفتار کتاب، ملویل پرسشی را که راهنمای وی در نوشتن داستان بوده چنین بیان می‌کند: چگونه این امر صورت امکان یافت که پس از «اصلاح خطاها و بیدادگری‌های موروثی در دنیای قدیم... بلافاصله انقلاب خود خطاکار و بیدادگر شد و در ستمگری از شاهان نیز پیشی گرفت؟» شگفت‌آور است که با توجه به این‌که خوبی را معمولاً با ضعف و افتادگی برابر می‌گیرند، پاسخ ملویل این بود که خوبی نیرومند است، حتی شاید نیرومندتر از بدی، اما در یک چیز با «بدی ناب» شریک است و آن خشونت بنیادینی است که در ذات هر نیرویی نهفته و مضر به حال هرگونه تشکیلات سیاسی است. ملویل می‌خواهد بگوید: فرض کنیم از این پس

سنگ بنای حیات سیاسی ما این باشد که هابیل قابیل را کشت. نمی‌بینید که این عمل خشونت‌آمیز هم باز همان زنجیره‌ی خطاکاری‌ها و ستمگری‌ها را به دنبال خواهد داشت که کشته شدن هابیل به دست قابیل به وجود آورد؟ با این تفاوت که این بار بشریت لااقل به این هم نمی‌تواند دل خوش کند که بگوید خشونتی که باید جنایت خوانده شود مختص مردان شریر و بدنهاد است.[۱]

خشونت و انقلاب گرسنگی

هانا آرنت در مورد انقلاب‌هایی که برای عدالت صورت می‌گیرند و بهره‌مند ساختن تهیدستان از وفور را «امر مطلق» و تنها هدف خود قرار می‌دهند هشدار می‌دهد که این‌گونه جنبش‌ها پیوسته به برقراری حکومت وحشت می‌انجامند. امر مطلق وقتی وارد قلمرو سیاست شد، همه را به کام نیستی فرو می‌برد و در نظر ملویل حقوق بشر شامل یک امر مطلق است. آرنت درباره‌ی فقر می‌نویسد:

انسان از کهن‌ترین روزگار به درد فقر مبتلا بوده است و هنوز هم نوع بشر در همه‌جا، سوای نیمکره‌ی غربی، این طوق لعنت را به گردن دارد. هیچ انقلابی هرگز نتوانسته است این مسئله‌ی اجتماعی را حل کند و آدمیان را از معضل نیاز برهاند. اما همه‌ی انقلاب‌ها، به استثنای انقلاب ۱۹۵۶

۱. همان، صص. ۱۱۴ـ۱۲۱.

مجارستان، پیرو راه انقلاب فرانسه بوده‌اند و در پیکار با جبر و زور و ستمگری، از نیروهای عظیم ناشی از بینوایی و مسکنت، استفاده و سوءاستفاده کرده‌اند. تاریخ انقلاب‌های گذشته بی‌هیچ شبهه ثابت می‌کند که هر کوششی که با وسایل سیاسی برای حل مسئله‌ی اجتماعی انجام گرفته به حکومت وحشت انجامیده و اخافه و ارعاب، همه‌ی انقلاب‌ها را به کام نیستی فرستاده است. البته وقتی فقر بر توده‌ها حاکم باشد و انقلابی به وقوع بپیوندد، پرهیز از این اشتباه مرگبار تقریباً محال است. راه انقلاب فرانسه فرجامی به‌جز شکست ندارد. با این وصف، دو عامل همیشه باعث وسوسه‌ای هولناک برای پیروی از این راه شده است: نخست آن‌که رهایی از قید ضرورت [و نیازهای اولیه] چون باید به فوریت انجام بگیرد همواره نسبت به پی افکندن آزادی دارای اولویت بوده است؛ دوم و مهم‌تر و خطرناک‌تر این‌که قیام تهیدستان در مقابل توانگران به هیچ‌وجه مانند طغیان ستمدیدگان در برابر ستمگران نیست بلکه به مراتب از آن نیرومندتر است. این نیروی جنون‌آمیز، ایستادگی‌ناپذیر... است زیرا از سرچشمه‌ِی حیات، هستی می‌گیرد و تغذیه می‌شود... نیروهایی که فرجامی جز ناتوانی ندارند و بر اصلی مگر خشم استوار نیستند، هشیارانه و عمداً، به جای آزادی، حیات و خوشی را

> هدف قرار می‌دهند. هرجا با فرو ریختن قدرت مراجع، تهیدستان زمین به راه افتاده‌اند و برای بیرون آمدن از ظلمت بیچارگی و تیره‌بختی به کوی و برزن ریخته‌اند، خشم دیوانه‌وارشان... مانند سیلی که با نیرویی بنیادکن به پیش بخروشد، جهانی را در خود فرو برده است...[۱]

نویسنده‌ی کتاب ***انقلاب*** با تأکید بر این‌که آمریکا اقبال آن را داشته که به خاطر وفور و فراوانی، مسئله‌ی فقر نداشته باشد، بر این باور است که در انقلاب‌های علیه استبداد و یا با هدف عدالت اگر مبارزه نتواند تا مرحله‌ی استقرار آزادی برای همگان، و نه برای اکثریت، دنبال شود، همان بهتر که اصلاً انقلابی صورت نگیرد؛ چرا که به بیدار کردن نیروی شرّ می‌انجامد. خوشبختی همگانی که در انقلاب آمریکا مورد نظر بود، تنها از طریق شرکت دادن همه‌ی افراد در امور می‌توانست عملی شود:

> تجربه‌ی خاصی که در آمریکا حاصل شد به مردان انقلاب چنین آموخت که عمل، هر چند به انگیزه‌های فردی اشخاص، از افراد، صادر شود هنگامی به نتیجه می‌رسد که به صورت کوشش مشترک درآید. در چنین کوشش، انگیزه‌های فردی اشخاص، حتی «عناصر نامطلوب» دیگر

۱. همان، صص. ۱۵۵ـ۱۵۷.

نباید مطرح باشد... کوشش مشترک، تفاوت تبار و اصالت را عملاً به برابری مبدل می‌کند... پدران بنیادگذار [آمریکا]... می‌دانستند که آدمیان منفرداً هر که باشند، با پیوستن به یکدیگر می‌توانند جامعه‌ای تشکیل دهند که، ولو مرکب از «گناهکاران»، ضرورتاً لازم نیست جنبه‌ی «گناهکار» طبیعت بشری را انعکاس دهد.[1]

امر قدرت و خشونت

هانا آرنت می‌گوید که انقلاب آمریکا هم نتوانست همه‌ی اهداف خود را عملی کند، به جای آزادی، وفور هدف انقلاب قرار گرفت و برای عملی کردن خوشبختی همگانی، در عمل، صفت «همگانی» حذف و معنا و روح انقلاب به فراموشی سپرده شد. اما تعبیر نویسنده از دو دیدگاه انقلابگران در فرانسه و آمریکا، و نیز تلقی آنان از «مردم»، «خشونت» و «قدرت» برای ما آموزنده است:

«تیره‌بختانی» که با انقلاب فرانسه بینوایی و مسکنتشان نمایان شد فقط به مفهوم عددی جماعت محسوب می‌شدند. تصویر روسو از «جماعتی که همگی در یک پیکر وحدت یافته‌اند» و به فرمان یک اراده به جنبش درمی‌آیند دقیقاً وصف همان «تیره‌بختان» است زیرا چیزی که آنان را به پیش می‌راند طلب نان بود... چون ما همه به نان نیازمندیم، به‌راستی جملگی یکی هستیم... دیوی چندسر...

1. همان، صص. ۲۵۰ ـ ۲۵۱.

که مانند یک تن به جنبش می‌آید.

در آمریکا، مردم، یعنی مردمی که سازمان سیاسی برای آنان تدبیر و تشکیل شده بود، شامل بیابان‌گردان و مرزنشینان نیز بود. ولی بنیادگذاران آن کشور هرگز به ایشان یا ساکنان نواحی مسکون به صورت واحد نمی‌نگریستند. واژه‌ی «مردم» همیشه نزد بنیادگذاران مفهوم بسیارگانگی و تنوع بی‌پایان جماعتی را که عظمتشان در تکثر و تعدد بود حفظ کرد.[۱]

هنگامی که مردان انقلاب فرانسه می‌گفتند قدرت یکسره از آن مردم است، مقصودشان از قدرت، یک نیروی قاهر «طبیعی» بود... که مانند گردباد همه‌ی نهادها را درهم پیچید. مردان انقلاب فرانسه بی‌آن‌که بدانند چگونه میان خشونت و قدرت تمیز بگذارند، با اعتقاد به این‌که همه‌ی قدرت‌ها باید از مردم مایه بگیرد، دروازه‌های قلمرو سیاست را به روی این نیروی طبیعی و ماقبل مدنی و سیاسی جماعت گشودند و خود نیز مانند پادشاه و قدرت‌های پیشین در برابر آن از پای درآمدند. نکته‌ای... که در اثر این تجربه... معلوم شد این بود که، به خلاف همه‌ی نظریه‌ها، این‌گونه تکاثر [توده‌وار] هرگز زاینده‌ی قدرت نیست و نیرو و خشونتی که زاینده‌ی کیفیات مربوط به مراحل پیش از مدنیت و سیاست باشد، عقیم و بی‌ثمر است.

اما بنیادگذاران آمریکا... قدرت را درست به معنای عکس

---

۱. همان، صص. ۱۲۸ ـ ۱۳۰.

خشونت طبیعی و ماقبل مدنی و سیاسی می‌گرفتند. ایشان معتقد بودند قدرت فقط هنگامی و جایی پای به هستی می‌گذارد که مردم گرد هم بیایند و با قول و عهد و پیمان متقابل خود بستگی و التزام ایجاد کنند چون تنها قدرت مشروع آن است که بر پایه‌ی موافقت متبادل استوار باشد... «اعتماد به یکدیگر و اتکا به مردمِ عادی بود که ایالات متحد را قادر ساخت انقلاب را به سر آورد.[۱]

در عین حال، در همین انقلاب آمریکا، که به گفته‌ی هانا آرنت، تلاش شد قدرت حاصل از عهد و پیمان اجتماعی به‌طور تصاعدی زاده شود تا از هر نوع قدرت استبدادی جلوگیری کند، در همین انقلابی که با اعتقاد بر این اصل شکل گرفت که هیچ بنی‌بشری شایستگی این را ندارد که قدرت مطلق داشته باشد، بازمی‌بینیم که اندیشه‌ی «عید خونِ» پیشنهادی عارف، عشقی، و فرخی، از ذهن بنیادگذاران انقلاب آمریکا می‌گذشته؛ جفرسن، که «اعلامیه‌ی استقلال آمریکا» به قلم اوست، می‌گوید: «درخت آزادی گهگاه باید با خون میهن‌پرستان و جباران آبیاری شود. این خون به منزله‌ی کود طبیعی آن درخت است.» وانگهی، به گفته‌ی خود آرنت: «فقط کسانی به آزادی دست می‌یابند که نخست احتیاجاتشان برآورده شده باشد.»

خشونت به خودی خود یکی از سازه‌های هر موجود زنده است و در مورد انسان نسبت به عناصر دیگری مثل مهر و عاطفه، در ضمیر آدمی قابل بررسی است. هرچند انقلاب آمریکا و انقلاب

۱. همان، صص. ۲۶۱ـ۲۶۲.

مشروطه در ایران ماهیتاً متفاوت‌اند، آن آگاهی و هراس نسبت به متراکم بودن خشونت در وجود «تیره‌بختان» که خانم آرنت در بنیادگذاران آمریکا می‌بیند، در پیشگامان مشروطه‌ی ایرانی هم نمود عینی دارد. اینان هم خوب می‌دانند که نباید به فقر و خشونت مجال آن دهند که انقلاب را به انحراف بکشد. در محرم سال ۱۲۸۵، در برابر ناتوانی مظفرالدین‌شاه از تشکیل عدالتخانه و امتناع او از عزل مسئول گمرکات، موسیو نوزبلژکی، سلسله اعتراضاتی شکل گرفت که با مداخله‌ی قزاق‌ها روند انقلاب را سرعت بخشید:

> ۲۲ تن کشته و بیش از یکصدتن زخمی شدند. این جوی خون، دربار را از ملت جدا کرد... پس از تیراندازی انگار که حکومت در آن پیروز شده است. شهر در دست نیروهای انتظامی بود. رهبران مردمی گریخته بودند... و به نظر می‌رسید که هیچ راه گریزی نیست. در این اوضاع و احوال، مردم به ناگزیر به سنت دیرین بست‌نشینی متوسل شده بودند... عصر همان روز پنجاه تاجر و روحانی در سفارت پدیدار شدند و محل اقامت خود را برای شب آماده کردند. رفته رفته بر شمار آن‌ها افزوده شد و در مدت اندکی ۱۴,۰۰۰ نفر در باغ سفارت گرد آمدند.

سازماندهی این جمعیت را که بیشتر بازاری بودند، کمیته‌ای متشکل از بزرگان اصناف بر عهده داشت. این کمیته محل اصناف را [در باغ سفارت] تعیین می‌کرد. یکی از شاهدان

می‌گوید که بیش از پانصد چادر دیده است که «تمام اصناف حتی پینه‌دوز و گردوفروش و کاسه‌بندزن در آن‌جا خیمه زده‌اند» کمیته همچنین، به منظور حفظ اموال و اثاثیه، مقررات و ضوابطی تعیین کرده بود. در یکی از گزارش‌های بعدی سفارت آمده است که «اگرچه گل‌های باغچه لگدمال شده بود و پوست درختان پر از نوشته‌های مذهبی بود، تقریباً هیچ خسارتی وارد نشده بود.[۱]

در طول یکی دو هفته، دانش‌آموزان و دانشجویان دارالفنون و مدارس کشاورزی و علوم سیاسی به سفارت می‌آیند و با ایراد سخنرانی‌هایی، باغ سفارت را به «یک مدرسه‌ی باز علوم سیاسی» تبدیل می‌کنند. کمیته، «برای کمک به کارگران فقیری که توان ادامه‌ی یک اعتصاب طولانی را نداشتند به جمع‌آوری پول» می‌پردازد. یکی از اشخاص حاضر در محل، در خاطراتش می‌نویسد:

> خوب به خاطر دارم که روزی به شعبه‌ی تبلیغ خبر دادند که از طرف مرتجعین و مخالفین در بین جوانان نجار و اره‌کش اعمال غرض شده و جوانان نجار از این‌که نمی‌دانند چه می‌خواهند؟ برای چه به این‌جا آمده‌اند؟ و از کار بیکار شده‌اند، ناراضی و عصبانی شده و با نق‌نق زیاد خیال تفرقه دارند و اگر موجبات تفرقه پیش آید لطمه و شکست بزرگ به نهضت آزادی وارد خواهد شد! از همه بدتر آن‌که جوانان

۱. *ایرانیان بین دو انقلاب*، صص ۱۰۵-۱۰۸.

اره‌کش عوامند و حرف حساب به خرجشان نمی‌رود و نمی‌دانم با آنان چگونه باید رفتار کرد؟ اگر این دسته‌ی زبان‌نفهم از سفارت بیرون بروند طبیعی است شکست در قطار افتاده و در بین کسبه و اصناف نقاضت خواهد افتاد... شورای مبلغین تبلیغ را به نهجی صادر نموده که تمام جوانان هم‌قسم شده و تا آخر تحصن، مردانه ایستاده و با بیکاری و گرسنگی ساختند.[۱]

روشنفکران و خشونت

چنان‌که در مورد انقلاب‌های فرانسه و مشروطه دیدیم، خشونت گویی امری است که با «عوام» و «این دسته‌ی زبان‌نفهم» همریش و هم‌سرشت به نظر می‌آید. درنتیجه‌ی چنین اندیشه‌ای، روشنگران، روشنفکران و اندیشمندان، خود به خود، ظاهراً از دایره‌ی خشونت بیرون می‌مانند. اگر به‌راستی چنین است، یا تعریف خشونت از دیدگاه هانا آرنت قابل بازنگری است، یا ما در تعریف روشنفکر و روشنگر نیاز به تجدیدنظر داریم. خشونت در جامعه‌ی ایرانی، جز اختلاف‌های قومی، مذهبی، زبانی، اقتصادی، کین‌کشی‌های دیرین حیدری ـ نعمتی، هجوم تازیان و مغول، دخالت‌های بیگانه، و دسپوتیزم شرقی، شاید عامل‌های دیگری هم داشته باشد؛ با تورق آن‌چه درباره‌ی مشروطه نوشته شده می‌توان دید که ما معمولاً ریشه‌های خشونت و خونریزی‌های کم‌نتیجه‌ی

۱. همان، صص ۱۰۸ـ۱۰۹.

انقلاب مشروطه را اگر نتیجه‌ی دخالت روس و انگلیس ندانسته باشیم، آن را به استبدادگران قجری نسبت داده‌ایم؛ اگر آن را حاصل فساد اشرافیت قلمداد نکرده باشیم، به‌درستی زاده‌ی بی‌سوادی توده‌وار شمرده‌ایم. پیوسته به دنبال اصل و اساس خشونت گشته‌ایم و نهایتاً چاره‌ی کار را در تعویض حکومتگران و سپردن قدرت به «روشنفکران» جست و جو کرده‌ایم:

در شهریور ۱۳۲۳ حزب ایران که «در اندک زمانی سازمان ملی غیرمذهبی کشور شد» و کانون مهندسان ایرانی ازجمله مهندس مهدی بازرگان بود، در اعلامیه‌ای، «مانع اصلی پیشرفت ملی» را طبقه‌ی صاحب امتیاز جدید می‌داند؛ یعنی اشرافیتی که بعد از تضعیف فئودال‌ها به سرمایه‌داران تازه-به-دولت‌رسیده بدل شدند و مشکل استثمار را چند برابر کردند. حزب ایران در لحظه‌های بحرانی کشور در مورد مشکل استثمار طبقاتی و راه‌حل آن در اعلامیه‌ای معتقد است:

> ... این مشکل به چنان مرحله‌ای از انفجار رسیده است که ما اکنون در آستانه‌ی انقلابی خشونت‌آمیز هستیم؛ انقلابی که می‌تواند عناصر خطرناکی را به صحنه آورد. تنها امید ما انتقال قدرت از طریق اصلاح نظام انتخاباتی به طبقه‌ی روشنفکر است.[۱]

امروزه که بهتر از هر زمانی می‌دانیم که ما همیشه «در آستانه‌ی

---

۱. *ایران بین دو انقلاب*، صص ۲۳۴-۲۳۵.

انقلابی خطرناک هستیم»، این پرسش دیگر هم دغدغه‌ی ماست که راستی انتقال قدرت به روشنفکر، درد ما را درمان می‌کند؟ این راه علاج که انتخاب نهایی هنرمندان ما بوده است مگر نه همان آرمان حافظ بوده که:

فلک به مردم نادان دهد زمام مراد
تو اهل دانش‌وفضلی، همین گناهت بس

که پیش از او در ***تاریخ بیهقی*** به اشاره آمده و پس از او هم در سی ساله‌ی بعد از مشروطه ــــ که در آن بیشتر جنبش‌های هنری و فرهنگی نطفه می‌بندد ــــ تکیه بر روشنفکر، یکی از انگیزه‌های اصلی کتاب ***تاریخ احزاب سیاسی ایران*** از ملک‌الشعرای بهار است. او ضمن آن‌که تیزهوشانه به یک مشکل عمده‌ی دموکراسی ــــ یعنی برابری یک آدم اهل «فضل» با یک آدم عوام در داشتن حق یک رأی ــــ اشاره دارد، چگونگی مکانیزم حذف را حتی در شکل انتخابات دموکراتیک برملا، و حزب پیشرو دموکرات را به خاطر تقلیدگری کور از الگوهای غربی سرزنش می‌کند، همچنان به امید حکومت قشر باسواد به آینده چشم دوخته است:

> قانون مخفی و مستقیم و یک درجه که هنوز هم مبتلای آن می‌باشیم از بدترین قوانین و مضرترین آن‌هاست و می‌توان گفت این قانون از روی تقلید صرف و بدون یک ذره فکر و اندیشه از طرف حزب دموکرات داخل مرام آن‌ها شده و در دوره‌ی دوم پیشنهاد و پذیرفته گردیده بود. این قانون بود که در انتخابات دوره‌ی سوم تا دوره‌ی کنونی چهاردهم

قانونگذاری، امتیاز فضلی را در مورد انتخاب‌کننده و انتخاب‌شونده از میان برد و اختیار انتخاب را در همه‌جا چه در مرکز و چه در ولایات از دست آزادیخواهان واحزاب اهل فضل گرفته به دست ملاکان یا دلالان روستایی و عوام بی‌فضیلت سپرد که در مقابل پول یا زور یا توصیه‌ی ارباب نفوذ زودتر از صاحبان سواد و تربیت‌شدگان تسلیم می‌شود. این قانون بود که نگذاشت در ادوار قانونگذاری جوانان و رجال صاحب فضیلت وارد مجلس چهارم شوند و کار در دست رجال کهنه‌کار و هواداران دولت یا پول‌دهندگان و توانگران افتاد و نیز نگذاشت مردانی که به درد مشروطه بخورند برای ما بیشتر تربیت شوند.[۱]

البته تلاش برای داشتن یک مجلس متشکل از اهل فضل، از مؤلفه‌های یک روند دموکراتیک است. داشتن روزنامه و روزنامه‌نگاران مستقل، داشتن حاکمیتی مداراگر، رئیس جمهوری چنین و چنان و... موهبت بزرگی است که به یمن ایثارگران فرهنگی، سیاسی و ادبی، گاه و بیگاه نعمت وجودشان را ــ هرچند ناهمزمان ــ تجربه کرده و خون‌بهای حضورشان را هم پرداخته‌ایم. ولی خشونت و حذف همچنان پابرجا مانده است. و ما هنوز در حسرت اجرای کامل و همزمان ابتدایی‌ترین اندیشه‌هایی مانده‌ایم که در انقلاب مشروطه و دو ـ سه دهه پس از

۱. بهار، ملک‌الشعرا، ***تاریخ احزاب سیاسی ایران***، انتشارات نگین، ۱۳۲۳، ص ۱۵۱.

آن، از ذهن اندیشه‌وران ایرانی تراوید و در پیش‌نویس برنامه‌های حداقلی مطرح شد: تأکید بر آموزش زنان، جدایی دین از حکومت، پایان دادن به کار کودکان، صنعتی کردن کشور، سپردن موقوفات به دولت برای استفاده‌ی عموم... آرمان‌هایی که برخی با پرداخت هزینه‌های گزاف اجرا شدند و برخی دیگر در کشمکش‌های قومی، فرقه‌ای یا در اجرا لت و پار شدند و بعضی دیگر در حاکمیت خودکامه‌ای دیگر، به شکل امتیازها و نعمت‌های زورچپان شده تحمیل شدند: آبراهامیان می‌نویسد:

> ... رضاشاه دستور کشف حجاب داد و پوشیدن چادر را ممنوع ساخت. پس از سال ۱۳۱۴، مقامات عالی‌رتبه اگر با همسران بدون حجاب خود در میهمانی‌های رسمی حضور نمی‌یافتند، احتمالاً مقام خود را از دست می‌دادند... پس شگفتی‌آور نبود که... مردم این اقدام را... نوعی سرکوب قلمداد کنند. ولی با وجود این‌ها، قانون، هنوز هم در امور مهم مردان را برتر می‌دانست. مردان هنوز امتیاز داشتن چهار همسر در یک زمان و طلاق دادن آنان به اراده‌ی خود را داشتند، سرپرست قانونی خانواده شناخته می‌شدند و از حقوق ارثی بیشتری بهره‌مند بودند. افزون بر این، زنان همچنان از حق رأی و نامزدی در انتخابات عمومی محروم بودند.[1]

۱. آبراهامیان، یرواند، ***ایران بین دو انقلاب***، صص ۱۷۹ ـ ۱۸۰.

توصیه‌ی «سپردن امور به دست روشنفکران»، یک ندای تاریخی و فرهنگی ما است. اما در گوشه‌هایی از ادبیات معاصر ما، هشدارهایی نهفته که از خشونتی افسارگسیخته در ژرفای تک‌تک ما خبر می‌دهد، و روشنفکران ما را هم بی‌نصیب نمی‌گذارد. ما که تاریخ سرزمین خود را خوانده و به سردابه‌های خفقان‌زده‌ی آن سر کشیده‌ایم؛ از عنوان روشنفکری به عنوان مجوزی استفاده می‌بریم که واقعیت‌های پابرجا و تکرارشونده‌ی تلخ را داستانی مربوط به گذشته بپنداریم و خود را از دایره‌ی خشونت بیرون نگاه داریم. و مثل داستانی به آن نگاه کنیم که «دیکتاتورها» عامل و راوی آن بوده‌اند. تنها در بعضی آثار است که مؤلف، خود را جزء و عامل خشونت می‌داند؛ و این امر، اهمیت خاصی دارد که فقط با پرداختن به آن گوشه‌هایی از آن روشن می‌شود. در چند شعر باقی مانده از شمس کسمایی، نگاه زنانه-مردانه‌ی شاعر، نه بر شاخه‌ای خاص، که بر کلِ «گلستان»، کل «باغچه» متمرکز است. در شعر «پرورش طبیعت»، کسمایی سرزمین خود را در پیکره‌ی خود مجسم می‌بیند. تأکید او بر یأس، به خاطر سهم نداشتن خود در ساختن و باغبانیِ آن گلستان از سویی، و «نیم‌وحش» خواندنِ خود از سوی دیگر، به انسانی بودن پرسونای شعری معنا می‌دهد. کسمایی از نداشتن «نیروی شرّ» همان‌گونه سخن می‌گوید که بعدها فروغ در «ناتوانی آن دو دست سیمانیِ» به آن اشاره می‌کند. طنز زهرآلود شعر هم، یادآور همان شرنگ و ریایی است که هدایت را از آن بغلی شراب موروثی می‌نوشاند، و

فروغ را از آن «شراب مگر چندساله» می‌چشاند:

> ز بسیاری مهر و ناز و نوازش/ از این شدت گرمی و روشنایی و تابش/ گلستان فکرم/ خراب و پریشان شد افسوس/ چو گل‌های افسرده افکار بکرم/ صفا و طراوت ز کف داده گشتند مأیوس/ بلی پای در دامن و سر به زانو نشستم/ که چون نیم‌وحشی گرفتار یک سرزمینم/ نه یارای خیزم/ نه نیروی شرّم/ نه نیرو نه تیغم بود، نیست دندان تیزم/ نه پای گریزم/ از این روی در دست همجنس خود در فشارم/...[1]

در شعر خانم کسمایی، سیاست جز گوشه‌ی حقیری از این جهنم خودساخته نیست. شعر او ما را به توحشی هشدار می‌دهد که در سرزمین آدم‌ـلتی‌ها، «نیم‌وحشی» را اسیر «نیم‌وحشی» دیگر می‌کند. و شاعر خود را هم بیرون از دایره‌ی توحش نمی‌یابد. شعر «پرورش طبیعت» بیش از آن‌که شعری نمادین و وطنیه‌ای کلی‌بافانه باشد، و چنگ و دندان به دشمن بیرونی نشان دهد، بر ویرانی درونی، و تکه‌پارگی جمعی ما مکث می‌کند. شمس لنگرودی در کتاب ارزشمند خود چهره‌ی این زن فرزانه را که در مبارزات مشروطه هم‌دوش مردان در به در سنگرها بوده، چنین توصیف می‌کند:

> به محض ورود [از روس] به تبریز و وقوف به این‌که نظریات اجتماعیِ خیابانی و رفعت همان نظر مبارزان روس است، به گروه نویسندگان نشریه‌ی **تجدّد** می‌پیوندد و شروع

۱. ***تاریخ تحلیلی شعر نو***، شمس لنگرودی، ج. ۱، ص ۹۰.

> به نوشتن مقالات انقلابی می‌کند. عمده‌ترین مقالات شمس علیه قرارداد ۱۹۱۹م است که بازتاب وسیعی دارد. ولی فعالیت‌اش به همین محدود نیست. در اوج مبارزات شیخ محمد خیابانی، در محوطه‌ی ارگ تبریز گاردن پارتی‌هایی تشکیل می‌شد، یک تور وسط محوطه می‌کشیدند، یک سوی تور مردها و طرف دیگرش زنان با چادر و روبنده می‌نشستند، در این مراسم خانم کسمایی، دخترش (صفا) را که در آن زمان ۵ یا ۶ سال داشت بالای میزی که در روی سن قرار داشت می‌فرستاد تا اشعارش را برای جماعت بخواند.
> شمس، زنی روشنفکر، فعال، روشن‌بین و جمع‌گرا و خانه‌اش محفل هنرمندان و اندیشمندان تبریز بود... دیوانش گم شد...[1]

شعر کسمایی بر ستمی تأکید دارد که عامل آن «همجنس» اوست. این همجنس نه تنها سیاستگران و دولتمردان اند، بلکه در وهله‌ی اول شامل مردان و فرهنگ مردانه می‌شود. عاملی که بعداً در اشعار فروغ و آثار هدایت طنینی دیگر می‌یابد. این خشونت و توحش، و این نگاه به کلیتِ «گلستان»، اولین بار در شعر خانم کسمایی ظاهر می‌شود؛ ولی دیوان او «گم» می‌شود. در واقع ما دیوانِ زنان را در زیر انبوه

۱. همان، صص. ۸۶ـ۹۰.

دیوان‌هایی گم می‌کنیم که به مستمسک «وحدت وجود»، به تفرقه و اعتمادزدایی بین زن و مرد، چنین آموزه‌هایی را دامن می‌زنند:

بر زن و بر فعل او دل می‌نهید
عقل ناقص وانگهانی اعتمید

مولانا رومی

آموزه‌هایی که عقیده‌ی قرون وسطاییِ مکر و دستان زنان را بدون در نظر گرفتن شرایط متغیر، همچنان اصل می‌انگارد:

یوسفم در حبس تو ای شه‌نشان
هین ز دستان زنانم وارهان

و در یک کلام، زن بودن را چنان می‌داند که:

گر تو مردی را بخوانی فاطمه
گرچه یک‌جنس‌اند مرد و زن همه
قصد خون تو کند تا ممکن است
گرچه‌خوش‌خو و حلیم‌و ساکن‌است
فاطمه مدح است در حق زنان
مرد را گویی بود زخم سنان

مثنوی معنوی

و ما چنان دست‌آموز و مرعوب خشونت این ادبیاتیم که نه تنها نمی‌توانیم تفرقه‌گری و خشونت بی‌لگام آن را ببینیم، بلکه در توجیه و شرح آن، مثنوی‌های دیگری می‌پردازیم. چراکه بر اساس متن تورات باور داریم زن زایده‌ای از وجود مرد است و از دنده‌ی

چپ او زاده شده. اما زنان که باور دارند جهان را آنان آفریده‌اند، پیوسته در برابر این تحقیر مقاومت کرده و کوشیده‌اند با لحنی مداراگر از این تفرقه پیشگیری کنند، چه در عصر باستانی مانوی‌گری و زرتشتی‌گری، و چه در عصر عرفان و صوفی‌گری. زنان در همان قرون وسطا هم جداسری از زن و ترک او، به مثابه ترک نفس، را جز نشانه‌ی مثله‌گری انسان ندانسته‌اند. و اگر قلم کمتر به دستشان بوده، به هیچ رو به شیوه‌ی زندگی نیم‌وحشی گردن ننهاده‌اند؛ و حتی اشعار عرفانی عارفه‌های ایرانی، «فراق» را ملموس‌تر، زمینی‌تر و عینی‌تر از عرفان مردانه توصیف می‌کند. اگر زنان مستوجب خوارداشت و خشونت هستند، پس افرادی مثل پروین اعتصامی، قرة‌العین، فروغ، مهستی، و شمس کسمایی کیانند؟

نشانه‌گیری و عریان‌سازی خشونت

روشنفکر امروز، گمان دارد که این خوارداشت مربوط به قرون ماضی و ادب سنتی است. واقعیت شاید این باشد که تا وقتی این توحش و خشونت را با فعل ماضی صرف می‌کنیم، هنوز در اندیشه‌ی فرافکنی و فرار از معضل‌ایم. اما فروغ، شمس کسمایی و هدایت شهامت این را داشته‌اند که خود را در فعلیت وقایع احضار کنند و بی‌آن‌که بار اصلی را تنها بر دوش سیاست بگذارند، به درون ما نقب بزنند و نقاب ما را پاره کنند تا توحش موروثی ما را عریان کنند. شاید به خاطر احساس همین حضور عینیت‌یافته‌ی مؤلف در

آثار آنان و به گردن گرفتن سهم خود در وقایع است که گزارش‌شان از واقعه، چنین مؤثر و هشداردهنده بوده است. انگشت اتهام این هنرمندان تیزبین به سمت خود، یعنی خودی همگانی است، بی‌هیچ استثنایی. من باید بتوانم در بازسازی وقایع گذشته مسئولیت نقش بالقوه‌ی خود را بپذیرم و از خود بپرسم آقای شاعر چطور میرزاده‌ی عشقی را ترور کردی؟ صحنه را بازسازی کن آدم-لتی! آن‌که در این عکس با چهره‌ای شطرنجی‌شده تپانچه را می‌چکاند کیست؟ تاریخچه‌ی زندگی‌اش شبیه تو نیست؟ لب‌های فرخی یزدی را که به هم دوخت؟ رضاخان قلدر؟ «قشقایی‌ها»[1]؟ حالا به این عکس نگاه کن مردی با آمپول هوا در دست و اسمی مستعار. چسب چشم‌هایش را بردار. تو آن استعاره‌ی پنهان در نام مستعار او نیستی؟ من انکار می‌کنم. شناسنامه‌ام را با عکسی کهنه به شهادت می‌گیرم. ولی روی عکس من، تَرَکی مویین که تنها با دقت می‌توان تشخیص‌اش داد، از پیشانی تا چانه‌ی مرا دو پاره کرده است: نشانه‌ای آشنا که در پیشانی پزشک احمدی هم تا جناق سینه پیش رفته، دنده‌ها را دو شقه کرده است. که بعد، انگاری دو شقه‌ی پیکر او/ من، مثل دوپاره‌ی عکسی، با هم مونتاژ شده، آدم-لتی شده. در آثار فروغ، کسمایی و هدایت، روشنفکر، نیمه‌ی دیگرِ قاتل است. این تجسم در اثری مثل **بوف‌کور** طوری عادی‌سازی شده که برای مدت‌ها تشخیص بین راوی-مؤلف را مشکل ساخته بود.

---

۱. ***ایران بین دو انقلاب***، ص ۱۵۹.

به نظر نمی‌رسد این کلیت که حکومتگران ما، از ۲۵۰۰ سال تا به امروز، بی‌وقفه تجسم استبداد بوده و تنها گاهی شکل و لباس عوض کرده‌اند، نمی‌تواند از کنجکاوی درباره‌ی پرسش‌های دیگر چیزی بکاهد؛ بپذیریم که حتی حکومتگری سیزده‌ساله مثل احمدشاه ـ یا به رسم مألوف ـ «دورو بری‌هایش» خشونت را می‌زایند. با این حال این سؤال هم وسوسه‌ی ذهن من و هم‌نسلان دورو بر پنجاه‌سالگی هست که چرا ما منتقدانِ خشونت در نقدِ این پدیده، اغلب فرافکنی می‌کنیم؟ منِ روشنفکر که بیگانگان را در استثمار منابع طبیعیِ متهم می‌کنم، چگونه است که از هر فرصتی برای سر زدن به سفارتخانه‌های بیگانه به هر دعوتی پاسخ مثبت می‌دهم، گویی در این میان فرانسه و ایتالیا بهتر از روسیه، و انگلیس و آلمان، دلسوزانه‌تر از چین یا آمریکا عمل کرده‌اند. کاروان شعری از سوی سفارت‌خانه‌ای در سر راه خود از تهران به شیراز، به جای آن‌که از مسیر کاشان به دیدار آرامگاه سپهری برود، ناگهان سر از نطنز درمی‌آورد که هیچ جاذبه‌ی فرهنگی برای عکس یادگاری ندارد و خود من هم آن کاروان را بدرقه می‌کنم. ما روشنفکران چرا از رویارویی با سهم خود در زاد و ولد خشونت و حذف هراس داریم؟ یک روشنگر دینی با سلاح دین و فلسفه، همه آسمان ریسمانی می‌بافد که چرا خشونتی را که در فلان واقعه رخ داد به پای او هم نوشته‌اند. و انتظار دارد به خاطر آن‌که از طولانی شدن واقعه جلوگیری کرده تازه باید از او ممنون هم باشند. و ادعا دارد

که چرا یقه‌ی آن یکی‌های دیگر را نمی‌گیرند؛ سیاست‌مرد خارج نشسته‌ی دیگری از تمام وقایعی که در سالیان تصدی او رخ داده اظهار بی‌اطلاعی می‌کند، ولی قادر است وقایعِ خشونت‌بار امروز را معصومانه بررسی کند تا داد مردم مظلوم را از دیکتاتور بگیرد؛ زنی روشنگر و سیاسی تا وقتی در پیکره‌ی قدرت است در کنگره‌ی «مقام زن» از حجاب دفاع می‌کند ولی به محض آن‌که از قدرت کنار گذاشته می‌شود به کمپین مخالف دیکتاتوری می‌پیوندد. دیکتاتوری که همیشه «آن دیگری» است. و روشنگر «دیگراندیش»ی مثل من، آن زمان که حتی در جایگاه کوچک سردبیری نشریه‌ای قرار می‌گیرم به حذفِ دیگری دست می‌زنم، یا متن دیگران را آن‌جا که به منافع شخصی من خدشه‌ای احتمالی وارد می‌کند، حذف می‌کنم — بی‌آن‌که توجیهی به ملاحظه‌ی سیاسی یا سانسور معمول داشته باشم — و عاجزفکرتر از آنم که این حذف را به خشونت نسبت دهم. منِ دگراندیش در خانه، زندگی دیگری دارم. همسرم را کارگر وظیفه‌مند و بی‌چون و چرای خود می‌دانم، ولی در پیشانی کتابم از همکاری‌ها و مشورت‌های او قدردانی می‌کنم. منِ دیگراندیش در گروه‌گرایی و یارکشی، همه‌ی آثار و زحمت‌های دیگرانی را که گروه خونی‌شان به گروه‌بندیِ من نمی‌خورد، اگر با نقدی غرض‌آلود نکوبم، ندیده می‌گیرم تا یاران و هم‌نسلان خود را برکشم. و به این شکل برای خود «دگرجامعه»‌ای ساخته‌ام: «چرا که ما، اگر هم به ظاهر مانند یک درویش نورگریز به

غاری نخزیده باشیم، دستکم... در یک دگرجامعه سنگر گرفته‌ایم. گیرم که این دگرجامعه یک دگرجامعه‌ی روشنفکری باشد دگرجامعه‌ای که تعدادی روشنفکر را در خود جای داده و درهایش را بسته است. ژولیا کریستوا می‌گوید: «دگرجامعه به منزله‌ی خویشتنِ دیگرِ جامعه‌ی رسمی شکل می‌گیرد که در آن تمامی امکانات واقعیِ کیف پناه می‌گیرد و برخلاف قرارداد اجتماعی ـ نمادین که قراردادی قربانی‌خواه و ناکام‌کننده است، این دگرجامعه همچون جامعه‌ای موزون، بدون ممنوعیت، آزاد و ارضاکننده تصویر می‌شود... مکانی رها از قانون... و این دگرجامعه همانند هر جامعه‌ای بر پایه‌ی یک مطرود استوار است. موجودی که مسئول همه‌ی پلیدی‌هاست و بدین ترتیب این دگرجامعه‌ی شکل گرفته خود را از آن پالوده می‌سازد. یعنی گناهکار را در مذهبی دیگر... جای می‌دهد.» آیا روشنفکرها، هر چیز غیرروشنفکری ـ غیرخودی ـ و مجموعه‌ای از مؤلفه‌های اجتماعی را عامل همه‌ی پلیدی‌ها نمی‌دانند؟ آیا تشکل‌ها و مکتب‌های ادبی، هنری، اجتماعی و... در عین حال که الگوی سازنده هستند، نوعی گریزگاه نیستند؟ آیا چوب تکفیر بر سر دیگران نمی‌زنند؟»[1]

انگشت‌شمارند انسان‌هایی که شهامت روبه‌رو شدن با خطای خود داشته باشند. موسیقی‌نویسی که روزگاری بر شعری از شاملو

۱. «شعر موقعیت»، فرامرز دهگان، روزنامه‌ی *اعتماد ملی*، پنج‌شنبه، ۳۱ تیر ۱۳۸۵.

آهنگ حزن‌انگیزی گذاشته بود، باری از طریق یکی از رسانه‌ها از مردم پوزش خواست که در دوره‌ای که چندان هم سزاوار نبوده، با اثر خود به افسردگی مردم دامن زده است. مرجع تقلیدی در مصاحبه‌ی خود به شکلی ضمنی از اشتباه خود به‌سادگی سخن گفت. در یک محیط طبیعی، چنین رفتارهایی که معمولاً از ذهن ساده و طبیعی انسانی سرچشمه می‌گیرد، غیر از آن‌که بخشش می‌آموزد و مجالی برای مدارا می‌آفریند، توّهم «انسان کامل» را در هم می‌شکند. مجال خشونت را به حداقل می‌رساند؛ به زبان آوردن خطا، تلاشی برای از بین بردن خطا و گستره بخشیدن به فضای انسانی است. چنین رفتاری، بزرگی می‌خواهد؛ همچنان‌که اصرار بر توجیه خطا، سرپوشی بر واقعیت وجودیِ فردی است که می‌کوشد بر آدم-لِتی بودن خود سرپوش بگذارد. در یک فضای انسانی، پرهیز از توهم «دانای کل»، می‌تواند اعلان نیاز به مشورت با دیگران و احترام به دیگری باشد.

نقد یا هتاکی

دفاع از نظر خود به هر قیمت و برنده شدن با هر سفسطه‌ی ممکن، سابقه‌ای کهن دارد و ریشه‌ای جنگلی در خشونت. اثیری اخسیکتی می‌نویسد که شاعری به اصرار از او می‌خواهد که در مورد شعرش نظر دهد. او هم می‌پذیرد و قضیه با سلام و صلوات ختم می‌شود؛ اما سال‌ها بعد اثیری می‌شنود که در مجلسی هجویه‌ای موهن علیه او ـــ از زبان همان شاعر ـــ خوانده شده است؛ و اندرز می‌دهد که زنهار از نقد بپرهیزید. نقد، ویژگی

جامعه‌ای دیالوگ‌پذیر و مداراگر است. ولی همین نقد هم وقتی به جامعه‌ای استبدادزده می‌آید، رنگ و بوی فحاشی می‌گیرد و به ابزار چاقوکشی بدل می‌شود. در نسل من، عمل نقد با هر زبانی که انجام شود پیشاپیش برچسب دشمنی و توطئه خورده است. اگر درباره‌ی یکی از نظریه‌های صاحب‌نظری پرسشی طرح شد، معمولاً به جای پاسخ اگر کار به لرزاندن پدر و مادرت در گور نکشد، بعید نیست که پرسشگر متهم شود که عقیده‌ی برتربینی دارد. اگر از تهدید به قتل‌های مریدانه در امان باشی، باید به عنوان یکی از احتمالات، پیه این را به تن بمالی که آن صاحب‌نظر، همه‌ی جماعت ادبی را علیه‌ات بشوراند. یعنی درست همان کاری که به سر آن داستان‌نویس بااستعدادی آمد که به خاطر نوشتن رمانی، قومی را علیه‌اش بسیج کردند و برایش حکم مضحکی صادر شد. آن حکم واکنش جامعه‌ی ادبی را برانگیخت و شکوائیه‌ای صنفی نوشته شد و چه‌بسا که همان نظریه‌پرداز عزیز هم که به جای پاسخ به نقد، جماعت ادبی را علیه نقدنویس برانگیخت، آن شکوائیه را امضا کرد. سال پنجاه و پنج، یکی از بزرگان نمایشنامه‌نویس ما در جمع بازیگران تئاتر شیراز، در نقد یکی از نمایشنامه‌های دانشجویی، کار را به خواهر و مادر دانشجو کشاند. و مسئله این بود که آن بزرگوار معتقد بود نمایشنامه باید یک ماجرای کوچک را بگیرد و مثل مروارید که دور ذره‌ای شن می‌تند، آن را بسط دهد؛ ولی آن نمایشنامه‌ی دانشجویی بدون تمرکز بر واقعه‌ای خاص، زبان-بازی‌های معمول و بی‌پشتوانه‌ی چند شخصیت را محور و

درونمایه‌ی نمایش قرار داده بود. آن نمایش، برخلاف اصل «مروارید تنیدن» چند مطلب را با هم پیش می‌برد و بدون نتیجه‌گیری خاصی درباره‌ی هر یک از آن ماجراها، درونمایه‌ی خود را بر بی‌معنایی کل ماجراها شکل می‌داد؛ آن‌موقع هنوز چیزی به اسم پسامدرنیسم وارد ایران نشده بود. بعدها نمایش به صحنه رفت و با اقبال روبه‌رو شد. ولی دلیل فحاشی و عربده‌های آن بزرگوار تا مدت‌ها در ذهن آن دانشجوی سال دومی ناموجه ماند تا بعدها که موفق شد چندتایی از نقدهای وطنی بر کار بزرگان را بخواند و گمان کند که منتقد با بروز دادن این‌طور عصبیت و توهین شخصی، غرضی ندارد جز آن‌که می‌خواهد با ایجاد فضایی هیبت‌آور، جای بزرگ‌تر و کوچک‌تر محله را نشان دهد و حق پدرسالارانه‌ی خود را بر گردن ادبیات ثابت کند. و این‌که روشن کند ناقد آن است که از هتاکی زبانش بیش از قدرت استدلال‌اش حساب ببریم. نوعی ولایت ادیب در ادبیات.

وقتی فضای ادبیات ــــ در نسل من ــــ این باشد، چرا سیاستگران هم‌نسل من حلقوم هم را نجوند؟ و از عوام‌الناس که تازه برای همین ادیبان و سیاستگران حرمت قائل‌اند، چه توقع. منیت ما آن‌قدر سلطه‌گستر است که قادر نیستیم تولیدات فکری خود را در حد کاری بدانیم که **شاید** بتواند فقط کلمه‌ای بر فرهنگ هزارساله بیفزاید یا نه؛ همه پیامبرانیم و دنبال پیروان می‌گردیم. دفتر شعر اول من که چاپ شد خود را پیام‌آوری می‌دیدم که کتابش باید حلوا حلوا شود. کتابی دیگر از من که منتشر شد، در ذهن خود،

جامعه‌ی ادبی را متهم به توطئه‌ی سکوت کردم، و این واقعیت که کتاب به چاپ بعدی رسید نتوانست مرا متقاعد کند که همین‌که آدم‌ها وقت گذاشته و خوانده‌اند، یعنی پاسخ به کتاب؛ همین‌که دیدگاهی منتشر شده یعنی تأثیرگذاری. در جامعه‌ای که بکر و تعریف‌نشده است، آن‌که دارد برای بقای حیات چند لاک‌پشت عمر خود را در جزیره‌ای دورافتاده می‌گذراند و کسی نمی‌پرسد خرت به چند، با منِ ادیب چه تفاوتی دارد؟ ما خود را طلبکار جامعه می‌دانیم و از خشونت‌های لفظی، یعنی آن‌چه در توان داریم، در حق دیگران دریغی نمی‌کنیم؛ ولی از آن کسی که با طاعت و انجام فرایض خود، برای خود حساب بستانکاری باز می‌کند و در صورت لزوم خشونت و حذف را وسیله‌ی گسترش آئین خود می‌داند، انتقاد می‌کنیم، بی‌آن‌که بتوانیم تشابه عمل خود را با عمل او ببینیم. در عالم روشنفکری به جست‌وجوی عوامل خشونت و حذف، همه جا را بررسی می‌کنیم، پستوهای گذشته را خانه‌تکانی می‌کنیم؛ ولی خشونت سایه به سایه با ما در حرکت است. ما میراث‌داران ثنویت نور و ظلمت، و قانون نانوشته‌ی خودی-غیرخودی، چنان به حذف خوکرده‌ایم که نه بیگانه را، نه غیرخودی‌ها را حذف می‌کنیم، بلکه مکانیزمی خودکار از درون ما را به لت و پار کردن خود وامی‌دارد. و هدایت و فروغ در آثار خود ریشه‌های این خشونت و حذف را خانگی می‌دانند. این‌که این شعبده‌ی وارونه کار چطور عمل می‌کند و آبشخورش از کجاست داستانی درازدامن است که تاریخ‌نگاران و پژوهشگران فرهنگی

کم و بیش به آن پرداخته‌اند؛ و این‌جا تنها به واشکافی عناصری از این خشونت اکتفا می‌شود که به رمز و اشاره محور داستان‌های هدایت و شعر فروغ را تشکیل می‌دهد.

دو نوع نگاه به خشونت

«ادبیات تهییجی و مبارزه» پیوسته در مبارزه با استبداد سیاسی، به شکلی ابزاری به مسئله‌ی خشونت پرداخته، و چون آن را به‌طور ضمنی به عنوان یک ویژگی شخص یا حکومت استبداد قلمداد کرده، یا وسیله‌ای دانسته برای مقابله با بیداد، نتوانسته آن را به صورت مسئله‌ای خاص تحلیل کند که در تک‌تک افراد قابل پیگیری باشد. درواقع آن‌چه به مثابه ادبیات متعهد نوشته شده، در اغلب موارد به مخاطب، این امتیاز را می‌دهد که با هم‌ذات‌پنداری با شخصیت‌های مبارز، یا رویکردی حق به جانب و معصومانه داشته باشد و یا اگر خشونتی از شخصیت مثبت داستان سر بزند مخاطب غرق در هم‌ذات‌پنداری خود، استفاده از خشونت را در راه خیر تعبیر کند. در شعر ما نیز چون راوی متکلم وحده معمولاً خودِ شاعر است که در معصومیت و مظلومیت او شبهه‌ای به وجود نمی‌آید و همیشه طرفدار حق و علیه باطل است، مخاطب با خیال راحت خود را با قافله‌ی خیر همراه می‌داند. در این نوع نگاه، کمتر پیش می‌آید که نفس خشونت، مثلاً آن‌گونه که در ***جنایت و مکافاتِ*** داستایوفسکی مطرح است، مورد تجزیه و تحلیل قرار گیرد. در ***تنگسیر***، ***اهل غرق*** یا ***کلیدر***، مثلاً، خشونت در پوشش احقاق حق

طوری طبیعی جلوه می‌کند که هیچ نیازی به مورد پرسش قرار دادن نفس خشونت، عملاً برای خواننده پیش نمی‌آید. در شعرهای حماسه‌وار نیز همین‌که شیر آهن‌کوه مردی در میدان باشد و آشیل‌وار با خصم رویارو شود، مخاطب را هم بی‌دغدغه‌ی اندیشیدن به ذات خشونت در خود تخمیر می‌کند. در این نوع نگاه، خشونت امری جانبی، عرضی و بیرونی است. وسیله‌ی دفاع از ناموس است، نه موضوع اصلی مورد تحلیل. و مخاطب پس از خوانش اثر، با آهی به همدردی یا همراهی، دشنه‌ی مقدس خود را با گلاب می‌شوید و به دیده می‌گذارد.

نوع دیگری از نگاه که به‌ویژه در آثار فروغ فرخزاد و صادق هدایت مطرح است، به خشونت به عنوان امری درونی می‌نگرد. و دقت‌برانگیز است که در آثار بنیادگذاران و آغازگران ادبیات معاصر، هدایت، نیما و فروغ، ادبیات سیاست‌محور فقط بخش کوچکی از تجربه‌ی هنری آنان را شکل می‌دهد. غیر از دو اثر *حاجی آقا* و *فردا*، شخصیت در داستان هدایت معمولاً در یک موقعیت فردی به آگاهی دردناک و یا به مرگی می‌رسد که در انتها ناگزیر از نتیجه‌ی عمل خود، به دست‌های خونی خود می‌نگرد و پرسه‌زن در کوچه‌ها، هیچ بارانی را تسکین‌دهنده‌ی عذاب خود نمی‌یابد. هدایت در اغلب آثار خود یا تکه‌پارگی مشی-مشیانه‌ای را پیش روی مخاطب می‌گذارد و یا بر زخم عضوی شقه شده انگشت می‌فشارد که خواننده عمری در پنهان کردنش کوشیده است. مخاطب این داستان‌ها، در گیجی بعد از جنایت، یا باید

ناخودآگاه به محل وقوع جرم برگردد و یا به هراسِ بختکِ پرسشگری تن دهد که در او بیدارشده است؛ همچنان‌که وقتی مریم فیروز برای هدایت داستانی می‌خواند، هدایت بر خشونت زنانه می‌تازد؛ هرچند این زن، مادری باشد که به انتقام کشته شدنِ پسرش به دست خان، کودک خان را خفه کرده باشد.

نگاه دایره‌وار فروغ نیز به جای آن‌که مخاطب را به میدان هم‌ذات-پنداری با شخص‌واره‌های مبارز علیه دشمنی بیرونی بکشد، با دعوت به درون، هراس رازی را با او در میان می‌گذارد که از تکه‌پارگی و سرگردانی انسان سرچشمه می‌گیرد: من این جزیره‌ی سرگردان را /از انقلاب اقیانوس / و انفجار کوه گذر داده‌ام / و تکه‌تکه شدن، راز آن وجود متحدی بود /که از حقیرترین ذره‌هایش آفتاب به دنیا آمد/. به نظر می‌رسد این کاربرد زمان گذشته در شعر «ایمان بیاوریم به آغاز فصل سرد» که بیشتر پاره‌هایش با زمان حال بیان شده است، با نگاهی به تاریخ و سنت می‌خواهد آینه‌ای روبه‌روی وضعیت امروزه‌ی ما بگیرد و ریشه‌ی خشونت و حذف را در بن‌ساختارهای ذهن ایرانی بازشناسی کند که ادعاهای معنویت‌گری گذشته و سنت‌اش جز به تفرقه و تکه‌پارگی نینجامیده است: این کیست این کسی که روی جاده‌ی ابدیت / به سوی لحظه‌ی توحید می‌رود/ و ساعت همیشگی‌اش را / با منطق ریاضی تفریق‌ها و تفرقه‌ها کوک می‌کند.[۱]

نگاه فروغ، نه بر گل یا درختی خاص، بلکه مادرانه بر کل باغ

۱. «ایمان بیاوریم به آغاز فصل سرد»، فروغ فرخزاد.

متمرکز است؛ «تبردار واقعه» نیز خود به نوعی قربانی عمل خود به نظر می‌آید: چگونه می‌شود به آن کسی که می‌رود اینسان / صبور، / سنگین، / سرگردان / فرمان ایست داد. / چگونه می‌شود به مرد گفت که او زنده نیست، او هیچ‌وقت زنده نبوده است.[۱]

فروغ و هدایت در پیگیری مسئله‌ی حذف و خشونت، عرف و سنت اجتماعی ما را به پرسش می‌گیرند. هدایت در توصیف مهرداد، شخصیت اصلی داستان «عروسک پشت پرده»، که نامزد خود را به بهانه‌ی عشق با گلوله می‌کشد، می‌گوید انگار برای «هزار سال پیش» تربیت شده و همیشه دلش می‌خواهد یک نفر برود بالای منبر و او زار زار گریه کند. و فروغ غیر از «جانیان کوچکی که پیوسته» گرد میدان‌ها در انتظار حوادث‌اند، در عمق جامعه، تجمع اجسادی «هزارساله» را می‌بیند: ما مثل مردگان هزاران هزار ساله به هم می‌رسیم و آنگاه / خورشید بر تباهی اجساد ما قضاوت خواهد کرد.[۲]

مضمون اغلب آثار فروغ و هدایت، نه مسئله‌ی گرسنگی و عدالت است، و نه معضلی مستقیماً سیاسی؛ مسئله‌ی «کلاغ‌های منفرد انزوا»ست؛ آدم‌های منزوی و منفردی که کوچک و بزرگ، زن و مرد، و روشنفکر و «قصّاب»، تکه‌پاره‌اند. در این‌جا آدمک‌ها عشق می‌ورزند و مولود عشق‌شان مرگ است؛ در این‌جا مهربان‌ترین، یگانه‌ترین، قاتل‌ترین است. در این آثار، ظاهراً دست هیچ جبار بزرگی در کار نیست. واقعه این است که این «ارواح مهربان» به دست خود تکه‌پاره شده‌اند. هدایت و فروغ در آثار خود

۱. همان. ۲. همان.

ریشه‌های این خشونت و حذف را به درون ما احاله می‌دهند. این‌که شقه شدن به دست خود چگونه عمل می‌کند؟ چه مکانیزمی دارد، و آبشخور این شعبده‌ی وارونه‌کار، این «راز منّور» کجاست، موضوع ادامه‌ی این مقاله است که با کنار هم چیدن بخش‌هایی از سندهای تاریخی و ادبی، آیاهایی را پیش رو می‌گذارد که انگیزه‌ی شروع مقاله هم بوده است.

پرپرِ مرغ طرب

این آدم ـلِتیِ پنجاه و اندساله به محض آن‌که به یاد واژه‌ی «جوانی» می‌افتد، انبوه آموزه‌های فرهنگ سنتی و مدرن، جلوش قطار می‌شوند: آن مرغ طرب که نام او بود شباب /افسوس... /مرا بسود و فرو ریخت هر چه دندان بود / چون پیر شدی حافظ از میکده بیرون... / شد آن زمانه که او شاد بود و خرم بود / پیر، پیر است اگرچه شیر بود / جوانی هم بهاری بود و بگذشت / برفی که به موی ما و ابروی ما می‌نشیند / عمرم از چل رفت و غلتک سان دوم /...نه! این برف را دیگر سر باز ایستادن نیست. و سنگ‌نوشته‌ی گور یکی از هم‌عصران نیما در حجره‌ای از حجره‌های حافظیه چنان آکنده از آه و فغان و هراس از مرگ است که آرامش اثیری آرامگاه حافظ را می‌آشوبد. همه‌ی این شعرها که فتوکپی اندیشه‌ی پیشینیان است، آموزه‌ای سنتی را طوری بر سنگ سینه‌ی ما حک کرده‌اند که آدم ـلِتی از همان جوانی باید عزای پیری‌اش را بگیرد و به سنت عارفان کفن‌پوش در گور تمرین مردن کند. نگاهی ماتم‌زده

که با یک‌بار مصرف ادبیات کلاسیک یا معاصر طوری از همه‌ی دهان‌ها یک‌صدا به گوش می‌رسد که گویی حکمی جهانی است و همه‌ی آدم‌های دنیا با آن هم‌صدایند. در حالی که شعر کوتاهی از خانم دوریس لسینگِ ۸۸ ساله که نوبل ۲۰۰۷ را به خاطر رمان‌هایش گرفت —حتی با ترجمه‌ی تحت‌اللفظی فرامرز سلیمانی — این آموزه‌ی ما در مورد جوانی را که چکیده‌ی ۱۰۰۰ سال ادب پارسی است، در آنی دود می‌کند و به هوا می‌فرستد:

تصور می‌کنی به خاطر توست، ای جوانی خودبین
که بیدار لمیده و می‌گریم؟
یا که بیشتر به خاطر آن‌چه بارها گفته‌ام
نه، نه، درست مثل تو
اکنون می‌اندیشم که همه‌ی زندگی‌ام
پگاه گرم و داغی است و بوسه‌هایی...».[1]

زنی با پگاه گرم و بوسه‌های ۸۸ ساله‌اش آموزه‌های ادبیِ فرهنگی ۱۰۰۰ ساله را سرنگون می‌کند. شعر و ادبی را به پرسش می‌گیرد که ما برایش سینه چاک می‌کنیم؛ ادبیاتی که ادعای آن دارد که در مقابل مرگ‌پرستیِ منبری، سینه سپر کرده است. این ماتم ملی بر جوانی از دست شده، سینه به سینه به ما منتقل می‌شود ولی تا وقتی زنی ۸۸ ساله از راه برسد، دمل چرکین ما را بترکاند و فرهنگ

۱. ویژه‌نامه‌ی نوروزی *اعتماد ملی*، سال ۱۳۷۸، ص ۹۵.

رو به احتضار را تنفس مصنوعی بدهد، ادب گرانبار ما خیلی‌ها را رو به قبله دراز کرده است. شعر، هنر ملی ما، چه به خاطر رود ریتم و وزن و قافیه، چه به لحاظ شیفتگی ما، به شکلی اتومات ما را در سیلاب خود غرق می‌کند، بی‌آن‌که مجال بازاندیشی بدهد.

اما این زاری کردن بر مرغ طرب، صرفاً یک الگوسازی طوطی‌وار و نابه‌خویش نیست. کودکی و جوانی در سرزمین ما، در اغلب موارد اگر حرام نشده باشد، به شکلی برنامه‌ریزی شده، به صورت دورانی کمرنگ و میانبُر، یک‌راست به الگوی پیرنمایی و «انسان کامل» وصل می‌شود. به قولی[1]، جوانانی که باید شغل پدر را دنبال می‌کردند، شاید حق داشتند ادای بزرگ‌ترها را درآورند تا هر چه زودتر الگوی پدر را کامل کنند و از سوی جامعه‌ی پیرپرست پذیرفته شوند. و از طرفی، الگوی «انسان کامل» راست به قامت ما بریده شده تا جای کمبودهای دیگر را پر کند. غایت‌گرایی، محور فرهنگی ماست، به بهای گم‌گور کردن لحظه‌های کودکی و نوجوانی. در سرزمینی که قصه‌ی آدم‌لِتی را در ناخودآگاه دارد، نه تنها واژه‌ی «جاهل، جهال» پسوند لفظِ «جوان» است، بلکه کلمه‌ی «جوانی» مثل یک توهین صرف می‌شود. در همین سن جوانی است که هر جسارتی ـــ که ملازم خلاقیت هم هست ـــ به «گناه» تعبیر، و سرکوب می‌شود. ولی انسان کامل خسارت این

۱. توضیح دوستم، محمد کشاورز که اشاره می‌کرد به رمان **ویکنت شقّه شده** که کالوینو احتمالاً از قصه‌ی آدم‌لِتی گرفته...

سرکوب را بعداً به حساب بازنشستگی ما می‌ریزد. از ویژگی‌های انسان کامل، بری بودن او از گناه است. همین عامل بی‌گناهی به او اقتدار و قداست می‌بخشد و او را پیر طریقت می‌سازد. تصور بی‌گناهی، مقامی مرعوب‌کننده و طلبکارانه را به همراه دارد که جوانکشی در راه او را به فدیه و نذر و نیاز بدل می‌کند. از دیرباز تا یکی دو نسل پیش، دوران جوانی، وادی پرهول و اضطرابی بود که —مثل کودکی— باید حتی‌المقدور آن را حذف کرد یا به سرعت آن را پشت سرگذاشت تا بتوان به مقامات رسید:

> آرنده‌ی تحیت، فرزند مخلص، حمیدالدین، به یمن همت شما در زیِّ صالحان آمره است و ترک رعونت و جوانی کرده...[۱]

هر چند در بین قدما هم بزرگانی چون بایزید و خود مولانا بوده‌اند که بر اهمیت دوران جوانی واقف بوده و در عین حال که به جایزالخطا بودن بشر باور داشته‌اند، می‌دانسته‌اند که سرکوب امیال در جوانی چه عواقبی دارد:

> همچنین از کمل اصحاب منقول است که روزی در بندگی مولانا حکایت شیخ اوحدالدین کرمانی رحمةالله علیه می‌کردند که مردی شاهدباز بود، اما پاکباز بود و چیزی نمی‌کرد؛ فرمود کاشکی کردی و گذشتی... چنان‌که درویشی

۱. مکتوبات، ص ۱۹۸.

به خدمت بایزید رحمةاللّه علیه آمد تا مرید شود، شیخ فرمود که از این گناهان مشهور که در افواه اناث و ذکور مذکورست هیچ کرده‌ای؟ گفت: نی؛ فرمود که برو همه را ببین و بگذر آن‌گاه بیا و مرید شو، تا مبادا که در خلوات آن زهدِ صرفِ تو تو را رهزنی کند و عُجی در باطن تو سر زند و به‌کلی ذلول شیطان ذلیل شوی و از شومی خودبینی از خدابینی محروم مانی. چه از دید طاعات عجب و هستی می‌زاید و از دیدن گناهان مسکنت و شکستگی سر می‌زند؛ پس مرد مردانه آن است که روز به روز بیشتر شود و پیشتر رود و دم به دم از قال به حال ارتحال نماید؛ هماناکه در این راه تعلق و توقف موجب هلاکت تست.[۱]

تعبیر گناه از دید مولانا با نگاهی توسع‌آمیز در بعضی متون عرفانی تعمیم‌پذیر و قابل‌توجه است. اما اصل مراد و مریدگری، بر اطاعت بی‌چونِ خدایگان ـ بنده‌ای استوار است. اگر در اسطوره‌های ما جوانکشی ارتباط مستقیمی با سلسله‌مراتب اجتماعی دارد، و شاهان با کور کردن فرزندان خود به این اسطوره جان می‌بخشند، نظام مراد و مریدی شمایل کاملی از اسطوره و تاریخ تحقیر و سرکوب جوانی را به نمایش می‌گذارد و رعایت نکردن سلسله مراتب و حرمت نکردن پیر

۱. *مناقب‌العارفین*، ج ۱ صص. ۴۳۹ ـ ۴۴۰.

را در حد قتل نفس، مستوجب قصاص می‌بیند:

منقول است که روزی حضرت مولانا در مجمعی معانی و حقایق می‌فرمود؛ از ناگاه جوانی از در درآمد و بر بالای پیری بنشست، بعد از زمانی حضرت مولانا فرمود که در زمان ماضی چنان بود که هر جوانی که بر بالای پیری نشستی، فی‌الحال به زمین فرورفتی؛ قصاص آن امت بدان شکل بودی؛ اکنون در این زمان می‌بینم که جوانان نوخیز بی‌تحاشی و دهشت، پیران راه را لگد می‌زنند و هیچ از خسفِ عاقبت و مسخ باطن اندیشه نمی‌کنند؛ و فرمود که روزی... علی ابن ابی‌طالب... به نماز صبح به مسجد رسول می‌رفت؛ در میانه‌ی راه دید که پیرمردی یهودی پیش می‌رود؛ امیرالمؤمنین از آن‌جا که فتوت و مروت و حسن اخلاق او بود، محافظت ادب پیر کرده پیش نگذشت و آهسته آهسته در پی او می‌رفت؛ چون به مسجد رسول رسید، حضرت مصطفی علیه‌السلام به رکوع خمیده بود،...اکنون جایی که مثل علی مرتضی رضی‌الله‌عنه پیرک کافر را حرمت داشت... قیاس کن که اگر عاشقی صادقی پیری را که در راه خدا پیر شده باشد و در ملت مسلمانی محاسن سپید کرده بود و صحبت پیران معنی را دریافته مقبول حق گشته باشد، اکرام کند و حرمت ورزد و اعتقاد بندد، حق تعالی او را در عوض آن

چه‌ها بخشد و... اللّه‌اللّه اگر خواهی که پیوسته قرین بخت جوان باشی، دامن پیر معنوی را محکم گیر که بی‌عنایت پیر راستین هرگز جوانی پیر نشد و به کرامتِ پیران معنی نرسید.[۱]

هرچند اطاعت‌طلبی از جوانان با هدفی آموزشی همراه و هم معنا بوده، اما — از **قابوسنامه** و **کتاب احمد** که بگذریم — تاریخ ادبیات مکتوب ما — در زمینه‌ی کودک و نوجوان، شناسنامه‌ای پستویی دارد. تا همین عهد قاجار، جوانان در حرمسراها برای درباریان و در امردخانه‌ها برای بزرگواران ملعبه‌ی عشرت‌طلبی بوده‌اند. و بسیاری از جوانانی که از همین رهگذر به مقامات می‌رسیدند معلوم بود که با رعیت چه معامله‌ای خواهند داشت. از چنین خشونت‌هایی چه حاصلی می‌توان انتظار داشت؟ روان این جوانان باید دستخوش چه بحران‌هایی می‌شده؟ و این بحران‌ها از کجا می‌بایست سر درمی‌آورده؟ باب پنجم **گلستان** که مداراگرترین نویسنده‌ی کلاسیک ایران آن را می‌نویسد، پر است از حکایت‌هایی مربوط به قاضی همدان و نعلبند پسری، یا حدثی که او را بر خَبَثی گرفته‌اند. و وقتی می‌دانیم که بخش عظیمی از ادبیات عاشقانه‌ی ما بر محور خشونت و آزار جنسی شکل گرفته، چه انتظاری از جامعه‌ی خود داریم؟ شمس

۱. *منقاب‌العارفین*، ج. ۱، صص ۱۱۲-۱۱۳.

تبریزی ماجرایی را نقل می‌کند که متقاعد می‌شویم چرا — و همان بهتر که — ادبیات کودک در ایران این‌قدر دیر آغاز می‌شود:

> بنده‌ای از بندگان حقی، چرا پنهان کنم و نفاق؟ من نیکم. من سلیم بوده‌ام و بر نفس خود حاکم و امین و به جستن چیزها هیچ میلی نه. چنان‌که مدتی بودم در ارز روم، که زاهدی صدساله آن‌جا رَوَد از راه به‌در برند. من چنان معصوم بودم که آن کودک نیز که تعلیمش می‌کردم چو صدنگار از عصمت من عاجز شد. خود را روزی عمداً بر من انداخت و بر گردن من آویخت. چنان‌که لایوصف. من طپانچه‌اش چنان زدم که بیهوش شد. شهوت در من مرده بود که آن عضو خشک شده بود و شهوت تمام گشته از آلت. همچنین بر چسفیده تا خواب دیدم که مرا فرماید: ان لنفسک علیک حق. حق او بده. دروازه‌ای هست که در آن شهر معروف به خوبرویان در این گذرم. در این اندیشه یک خوبروی چشم‌های چفچاق در من آویخت. مرا به حجره درآورد و چند درهم بدیشان بدادم و پیشاپیش ایشان بودم به اشارت خدا و لابه‌گری او و من از این باب فارغ و دور.[۱]

من خود در نوجوانی جرئت نداشتم به‌تنهایی به حمام عمومی بروم از ترس تجاوز دلاک و کیسه‌کش. ایرج خدیش متخصص

۱. **مقالات**، دفتر دوم، ص ۱۷۸.

فرهنگ عامیانه برایم تعریف کرد که وقتی هنوز برق به شیراز نیامده بود، به ما توصیه می‌کردند شب، موقع دستشویی رفتن، دور تا دور دیوار توالت را دست بکشید تا مبادا آدمی آن‌جا پنهان شده باشد و... این کودکی شرمسار و این جوانی ربوده شده آیا با زایش خشونت و تنفر نسبتی ندارد؟ آیا رابطه‌ای با مسئله‌ای ندارد که آبراهامیان طرح می‌کند و در مورد پیدایش احزاب گوناگون، و اجتماعات حرفه‌ای پس از شهریور ۱۳۲۰ می‌نویسد:

> [مسئله‌ای که]... بیشتر ناظران و دست‌اندرکاران ایرانی و غیرایرانی را متقاعد کرد که «خصلت ملی ایرانی عبارت است از احساس ناامنی، بی‌اعتمادی، حسادت، سوءظن شدید، تمرد هرج‌ومرج‌طلبانه، بدبینی مفرط، فردگرایی آشکار و گروه‌گرایی اجباری» همچنین نماینده‌ی انگلیس پس از ناکامی در ایجاد جناح قدرتمند ضدشوروی در مجلس، ادعا می‌کند که «ایرانیان از این‌گونه بیماری‌های پیشرفته چونان یک بحران سیاسی، لذت کودکانه‌ای می‌برند. آن‌ها خودخواهانی فاقد وفاداری، انضباط یا انسجام هستند و از پنهان کردن اختلافشان، توافق در مورد یک سیاست مشترک و انتخاب رهبرانی برای انجام آن سیاست، متنفرند.[۱]

---

۱. *ایران بین دو انقلاب*، ص ۲۱۰.

مشیِ شقه کردن مشیانه

حذف دیگری که در ما ناخودآگاه عمل می‌کند، ریشه در انشقاق شفاناپذیری دارد که بین زن و مرد حادث شده. هرچند زنانی چون مادر ناصرالدین‌شاه و اشرف، غیرمستقیم در سیاست نقشی گاه تعیین‌کننده داشته‌اند، و در فرهنگ و هنر حضور طاهره قرةالعین، شمس کسمایی، ژاله اصفهانی، قمرالملوک بر غنای فرهنگ افزوده‌اند، و گرچه فروغ فرخزاد جزء ماندگارترین چهره‌های فرهنگی ما است، زن در ذهنیت نرینه محور جامعه تا نسل من طوری طرد شده که از او انبار باروتی آماده‌ی انفجار ساخته است. هدایت مستقیماً بر این خشونت و زن‌کشی انگشت می‌گذارد و گاه زنان را تا حد فرشته‌گی، معصوم جلوه می‌دهد. در داستان‌های او زنانی که مرتکب خشونتی می‌شوند، در واکنش به بلایی است که مردان عامل آن بوده‌اند. در صفحه‌های حوادث، کم نیستند مواردی مثل زنی که همسر ورزشکاری را به شکلی فجیع کشت و از کرده‌ی خود هیچ ندامتی نداشت. عملی که او انجام داده در برابر هزاران سال تکه‌پارگی و شقه‌شدگی هیچ است. عملکرد اجتماعی زنانی که امروز در مشاغلی حتی خرد، گاه با خشونتی خفته، ارباب رجوع را متحیر می‌کنند، خبر از بیدادی می‌دهد که نسل به نسل به آنان منتقل شده. اگر فروید در زن ذائقه‌ی زندگی می‌بیند و در مردان ذائقه‌ی مرگ، اگر یونگ در هر انسانی سهمی به آنیما و سهمی به آنیموس می‌دهد، فرهنگ و هنر ما ذهن آدمی را به

دو پاره‌ی عقل و نفس تقسیم می‌کند. و بخش نفس، نمادش زن است که باید طردش کرد. باید با او مشورت کرد و عکس آن‌چه گفت عمل کرد. ما خود را شقه می‌کنیم و بخش زنانه را دور می‌اندازیم یا پنهان می‌کنیم. ادبیات ما هم که الگوهای ما را شکل می‌دهد، بر این مُثله‌گریِ صحه می‌گذارد. در دوران مشروطه با وجود آن‌که در برنامه‌ریزی دموکرات‌ها و اعتدالیون بر آموزش زن تأکید می‌شود، در دورانی که دستکم چند روزنامه به نام‌های فمینیسم و فمینیست منتشر می‌شود، در زمانی که عشقی نمایش **کفن سیاه** را در اشاره به حجاب زنان می‌نویسد، و همان زمانی که زنان بزرگی چون شمس کسمایی، پروین اعتصامی، و قرةالعین دوش به دوش مردان به مبارزه‌ی اجتماعی و فرهنگی مشغول‌اند، جامعه‌ی ما در ذهنیت و ژرفای خود، در هر فرصتی به حذف زنان می‌اندیشد. حضور زنان در حزب‌های به اصطلاح پیشرو تا دیری ممنوع بود. زنده‌یاد قیصرامین‌پور در بررسی ادبیات مشروطه این تضاد را صرفاً در حد تناقضاتی بررسی می‌کند مثل این تناقض که مثلاً چرا میرزاده‌ی عشقی گاهی سخنان کفرآمیز، و گاهی خدا را شکر می‌گوید. امین‌پور در پی پاسخ قاطعی در مورد زنان است که درباره‌ی شاعران مشروطه می‌نویسد:

> برخورد آن‌ها با موضوع زن نیز به‌درستی بیانگر برزخ تناقض‌آمیز تفکر آنان است. چنان‌که در ظاهر متجدد می‌نماید، اما در باطن، بینش آنان نسبت به زن همچنان از ریشه‌های

همان بینش سنتی آب می‌خورد. گویی تمام شخصیت، حقوق و مسائل زن را در حجاب محدود می‌دانند... و همچنان ناخودآگاه، زن را موجودی فرودست، پَست و کمتر از مرد می‌دانند. و نیز بدترین ناسزا و خوارداشت برای کسی، در نظر آنان این است که او را زن یا کمتر از زن بخوانند:

به هوای وطن زنان گریند
گر نگریی تو کمتری از زن

ادیب‌الممالک

نباید پنداشت که تنها ادیب‌الممالک یا بهار به دلیل تحصیل علوم قدیم و تربیت سنتی چنین بینشی دارند. حتی شاعران جوان و متجدد نظیر فرخی، عشقی و... همچنین دیدگاهی دارند:

مادر ایران عقیم آمد برای مرد زادن
همچو زن‌ها پیروی‌کن صنعت رامشگری‌را

فرخی

عشقی که تجدد اجباری و ظاهری را نفی می‌کند و می‌گوید: اول کله‌ی مردم را عوض کنید بعد کلاه آن‌ها را، و بر گوسفندچران سقزی کلاه سیلندر انگلیسی نگذارید، و هم از او که قهرمان «ایده‌آل» خود را به نام مریم قرار می‌دهد و نمایشنامه‌ی کفن سیاه را در نفی حجاب می‌نویسد:

ورنه تا زن به‌کفن سر برده است
نیمی از ملت ایران مرده است

وقتی می‌خواهد شعری در هجو کسی (وحید دستگردی) بگوید، بدترین صفتی که برای او می‌آورد «زن‌صفت» است: زن صفت! مانند بچه مرده زن نالیده‌اند / سال‌ها از دست ظلم انگلستان این دو تن. و عارف قزوینی که از سویی می‌گوید: بِدَر این حجاب و آخر بِدَر آز ابر چون خور / که تمدن ارنیابی تو به نیم راه ماند /، از سوی دیگر می‌گوید ببین که خانه‌ی ایران پر است مشتی زن / میا تو سرزده همسایه خانه خالی نیست / و در همان غزلی که می‌گوید: به فکر کهنه خیال کهن دوامی نیست / دوام ملک ز فکر تو و جوان خیزد /، چند بیت بعد می‌گوید: زمام ملک چرا گیرد آن‌که می‌زیبد / که میل و سرمه و سرخاب و سرمه‌دان گیرد / نه فاسق است در ایران ریاست وزرا / که او به تجربه سرمشق از زنان گیرد.

چنان‌که پیداست ایرانیان بر اساس بینش سنتی، کم بودن زن را فرضی مسلم... دانسته‌اند که استدلال خود را بر آن بنا می‌نهند. این بینش برزخی در آثار بسیاری از شاعران و نویسندگان دوره‌ی گذار کم و بیش دیده می‌شود.[1]

۱. **سنت و نوآوری در شعر معاصر**، قیصر امین‌پور، انتشارات علمی، ۱۳۸۳، صص ۲۵۲-۲۵۳.

سنت، تنها در ضرب‌المثل‌های عامیانه نیست، صرفاً در برداشت‌های سطحی از قصه‌های **هزار و یک شب** نیست؛ این‌که گاه و بی‌گاه به جای ادبیات کلاسیک، کلمه‌ی «سنت‌گرایی» به کار ببریم نوعی لاپوشانی است. سنت، خودماییم که هنوز از دوران اسطوره عبور نکرده‌ایم. سنت با این معنی است که تلاش می‌کند فردوسی را از شائبه‌ی انتساب بیتی مثل:

زن و اژدها هر دو در خاک به
جهان پاک از این هر دو ناپاک به

دور کند. همین سنت است که می‌کوشد هرگونه ردی از شاهدبازی و امردبارگی را از دفترها بزداید. همین سنت است که بیتی مثل:

زن نو کن ای دوست هر نوبهار
که تقویم پارینه ناید به کار

را در حد مطایبه‌ای فروکاهی کند و اگر شاملو باری جرئت کرد به عنوان یک شاعر بزرگ، از شاعر بزرگ دیگری، خرده‌ای بگیرد، او را تکه‌پاره کند. حافظان و شارحان سنت، خود ماییم که ته دلمان با همان سنت همراهیم و به ظاهر از دیدگاه‌های زن‌گرا حمایت می‌کنیم. اما همین‌که پای تعبیر و تفسیر آثار سنتی‌مان به میان آمد، هی به نعل و به میخ می‌زنیم. دوپارگی میان روح و جسم که از طریق متون کلاسیک القاء می‌شود، شقاق بین زن و مرد را تأکید می‌گذارد. نفس، پلید است. و به اعتقاد سهروردی باید گاو نفس را در پیشگاه عقل، قربان کرد. از این نظر سنت ما با ادبیات قرون

وسطای انگلیس شباهت‌هایی دارد. و اساس متون کلاسیک غربی در قرون وسطا بر پایه‌ی «زنجیر بزرگ هستی» بود:

> فلسفه‌ی زنجیر بزرگ هستی که از قرون وسطی تا پایان سده‌ی هجدهم به طرق گوناگون بر ادب انگلیس تأثیر گذاشت، درواقع از افلاطون و ارسطو سرچشمه گرفت... جهانی... متشکل از زنجیری بزرگ با حلقه‌های بیشمار... زنجیری که بر اساس مراتب درجه‌بندی گشته است به‌طوری که از عالی‌ترین مخلوقات شروع و به پَست‌ترین موجودات ختم می‌شود. هر حلقه مرتبه‌ای بالاتر از حلقه‌ی فوقانی دارد. در این میان محل حلقه‌ای که در زنجیر هستی به بشر اختصاص یافته تأسف‌بار است چون از بالا به حلقه‌ی فرشتگان و از پایین به حلقه‌ی حیوانات متصل است و بدین‌گونه بشر را نیمی فرشته و نیمی حیوان نشان می‌دهد. سلسله‌مراتب زنجیر هستی را که قرون وسطی در نظام آفرینش یافت، در نظام اجتماع نیز منعکس کرد. مردم قرون وسطی در امور اجتماعی و سیاسی، به جامعه‌ی طبقاتی اعتراضی نداشتند. زیرا بر هم زدن زنجیر هستی را موجب پیدایش هرج و مرج می‌دانستند. قرون وسطی، بشر را محدود و مقید می‌پنداشت.[1]

۱. ***تاریخ ادبیات انگلیس***، دکتر امراله ابجدیان، انتشارات دانشگاه شیراز، جلد دوم، ص ۱۹.

زنجیری که از خداوند مسیح آغاز می‌شد و بعد از فرشتگان به بشر می‌رسید و به تک‌یاخته‌ها... ختم می‌شد. پادشاه نماد خداوندی بر زمین تلقی می‌شد و بقیه، رعایای او بودند. اما در تقسیم‌بندی میان خود بشر، زن از مرد پَست‌تر انگاشته می‌شد. بر اساس همین نظم بود که طبقات اجتماعی بی‌آن‌که اعتراضی برانگیزند، در جای خود مستقر بودند. پادشاه سایه‌ی خدا تلقی می‌شد و بی‌حرمتی به او در حد کفر بود. رنسانس اروپا آغاز تغییرهای نظام فکری در همه‌ی زمینه‌ها بود. فروتر بودن زنان نسبت به مردان با حضور مریم مقدس به عنوان یکی از ارکان تثلیث، به شکلی تلطیف‌یافته‌تر در اروپا مطرح بود. در ایران هم این سلسله‌مراتب با تفاوت‌هایی قابل مشاهده‌اند. برای همه‌ی ادیان ما پادشاه سایه‌ی خدا بوده. طبقه‌بندی‌های اجتماعی در زمان ساسانیان با همان طرز تلقی آسمانی، دوام داشتند. دورانی که در آن از حضور زنان در صحنه‌های اجتماعی به شکل رسمی خبری نیست؛ (هرچند در آثاری مثل **سمک‌عیار**، **شاهنامه**، **ویس و رامین** و **خسرو و شیرین** زنانی می‌بینیم که انفعال لیلی و مجنون‌وار ندارند.)

انقلاب مشروطه، آغاز تغییر در تلقی‌های قرون وسطایی بود. پادشاه به عنوان فردی با فره‌ی ایزدی جایگاه خود را از دست داد، اما از دری دیگر وارد شد؛ تغییر رویکرد به زن و جایگاه او نیز فقط در سطح اتفاق افتاد. تحصیل دانش در دوره‌ی رضاشاه برای زنان

سیر شتابنده گرفت. اما به نظر می‌رسد که همین تغییرهای اولیه در وضعیت زنان هم، مثل کشف حجاب اجباری، به رغم ژرفای میل جامعه و پسند عرف صورت گرفته باشد.

زبان، به عنوان ذخیره‌گاه خشونت،[1] چگونه می‌توانست بار تهمتی دستکم هزارساله به زنان را در تغییرهای سطحیِ دوره‌ای کوتاه فرو نهد؟ فرهنگ و ادبیات ما که قلم را پیوسته به دست نرینگان سپرده، چگونه حاضر می‌شد خوارداشت و فرونگری‌های دیرین نسبت به زن را یک‌شبه عوض کند؟

> نفس طبع زن دارد، بلکه خود زن طبع نفس دارد. شاوروهن و خالفوهن... می‌فرماید که با ایشان مشورت کنید و هر چه گویند ضد آن کنید.[2]

شمس، که زن را «عورت» می‌خواند، در دوره‌ای خاص این سخن را به زبان آورده. آیا این سخن برای تمام دوره‌ها صادق است؟ آیا این سخن در همان دوره‌ی خود در مورد تمام زنان آن عصر صدق می‌کرده؟ و مهم‌تر این‌که زنان آیا با شنیدن این سخنان احتمالاً چه پاسخی می‌داده‌اند؟ خود شمس زنانی را می‌دیده که در همان عصر توان آن داشته‌اند که مشیخت خانقاه را هم به عهده بگیرند؛ و با وجود این واقعیت است که می‌نویسد:

> اگر فاطمه یا عایشه شیخی کردندی من از رسول‌ها هم

---

۱. وام از گفته‌های شفاهی روحی‌نژاد.   ۲. **مقالات شمس تبریزی**، ص ۲۸۷.

> بی‌اعتقاد شدی، الّا نکردند. اگر خدای تعالی زنی را در بگشاید، همچنان خاموش و مستور بود زن را همان پی‌کار و دوک خود.[۱]

امروزه زنان در مقام‌های گونه‌گون و بیشتر در مشاغل پَست، بار استثمارگری و استثمارشدگی را بر دوش دارند، جهان، باری، عوض شده اما دیدگاه ما نسبت به زن، همچنان فرونگر و خوارشمار مانده چراکه زبان به عنوان ذخیره‌گاه خشونت با قلمی پدرسالار بر آنان حکمی رانده که شاید انتقام دوران مادرسالاری بوده است. حافظ در دورانی خاص، و در شرایط و موقعیت سنی خاص، گفته: در دل ندهم ره پس از این مهر بتان را/ مهر لب تو بر در این خانه نهادیم. ایضاً در شرایط خاص و یحتمل در موقعیت سنی دیگری سروده: شهری است پرکرشمه و خوبان ز شش جهت/ چیزیم نیست ورنه خریدار هر شش‌ام.

آیا حافظ را کسی بدکاره خوانده؟ اگر زنی سراینده‌ی همین خیالاتی بود که زمانی از ذهن آدمی گذشته، او را بدکاره نمی‌خواندیم، نخوانده‌ایم؟ حوزه‌ی معنایی واژه‌ی بدکاره از کجا آغاز و در کجا پایان می‌گیرد؟ نمی‌خواهم مرزهای معنایی را مخدوش کنم. اما ایستاییِ انگاره‌هایی که طی قرون از طریق فرهنگ ما القاء شده، اعجاب‌انگیز است. و زبان ذخیره‌گاه این

---

۱. همان، دفتر دوم، ص ۱۵۸.

انگاره‌ها چنان بر ما سلطه‌ی اتومات دارند که قدرت اندیشگی زنانی مثل هانا آرنت، و این همه نمونه‌های عینی در رشد زنان امروز قادر نیست ما را از سلطه‌ی زبان ستمگر متون باستانی‌مان برهاند:

> فرمود شب و روز جنگ می‌کنی و طالب تهذیب زن می‌باشی و نجاست زن را در خود پاک می‌کنی. خود را در او پاک کنی بهتر است که او را در خود پاک کنی. خود را به وی تهذیب کن. به سوی او رو آن‌چه او گوید تسلیم کن. گرچه نزد تو آن سخن محال باشد. غیرت را ترک کن، اگرچه وصف رجال است. ولیکن بدین صفت نیکو وصف‌های بد در تو آید از بهر این معنی. لارهبانیه فی‌الاسلام. زن خواستن تا جور زنان می‌کشد و محال‌های ایشان می‌شنود... ایشان را همچون جامه‌دان که پلیدی‌های خود را در ایشان پاک کنی و تو پاک می‌گردی. چنین انگار که عقدی نرفته. معشوقه‌ای است خراباتی. هرگه که شهوت غالب می‌شود پیش وی می‌روم به این طریق غیرت را در خود دفع می‌کنی.[1]

ستمگری زبان، به‌ویژه زبان شعر، چنان افسون‌وار ما را می‌افساید که چشم‌ها را در برابر واقعیت‌های مسلم امروز می‌بندد تا حکم خود را جانشین کند. این اتومات‌وارگی و خودکاری و

۱. **فیه مافیه**، ص ۲۸۷.

خودسری زبان شاید در مثالی روشن‌تر جلوه کند: فرض کنیم من از دار می‌ترسم. دار، مرگ چندش‌آور و کثیفی را بار می‌آورد. هیئت آدمی را به چیزی مضحک و آویخته بدل می‌کند. از دیوانگی هم بدم می‌آید. فرض کنیم در حلاج هم همان نوع مازوخیسمی را می‌بینم که در معشوق خونخوار کلاسیک و نماد عشق عَذری مجسم است؛ با این همه وقتی می‌خوانم:

حلاج و شانیم که از دار نترسیم
مجنون صفتانیم که در عشق خدائیم

خوشم می‌آید! رود وزن و ریتم، همراه با افسون اسطوره، سیلابی می‌سازد که اراده‌ی فکری را از من می‌گیرد و در خود حل می‌کند. خودکامگی متن کاریزماتیک ـ عرفانی چنان است که مغز مخاطب را بخار می‌کند اگر حتی خود، روشنفکر باشد، سخن‌آفرین باشد و به تصنعِ سخن و شگردهای آفرینش واقف باشد، بگو خود مولانا باشد. اوَ در **مکتوبات** پسر خود را به احترام و مهر به همسر اندرز می‌دهد، و در ***فیه مافیه*** وقتی با طبیعت بشری خود می‌نویسد، آگاهانه نسبت به حجاب زن مدارایی پیشروانه نشان می‌دهد، در ارزیابی نهایی خود از زن، او را نماد نفس و پلید می‌داند. به تناقض‌گویی دچار می‌شود. بخشی از این شقه‌گری و چندپارگی جامعه‌ی ایرانی، زاده‌ی لوگوس و زبان است. مولانا با وجود آن‌که گاه شناخت شگفت‌آوری از زنان از خود نشان می‌دهد، و با آن‌که بخش‌های آنیما ـ آنیموسی وجودش بالقوه می‌تواند شاعری

نرینه-مادینه و یان-ینی از او بسازد، و زنانگی وجودش گاه چنان غلبه می‌کند که بی‌پروا از حاملگی سخن می‌گوید: مست و خوش و شاد توام / حامله‌ی داد توام / حامله گر بار نهد / جرم منه حامله را. و یا: اشکم چو دهل گشته و دل حامل اسرار / چون نه مهه گشته‌ست ندانی که بزاید؟[1]، او که هر شب جمعه در جمع «خواتین اکابر قونیه» در حلقه‌ی زنان با آنان به سماع می‌پردازد و زنان چنان دوست‌اش دارند که بر سرش برگ گل و در پای‌افزارش جواهرات خود را می‌ریزند، در متونی که می‌آفریند مثل بخشی از **فیه مافیه** که نقل شد، عملاً مردان را اصل و اساس جامعه معرفی می‌کند و زنان را وسیله‌ای می‌داند برای آن‌که مرد، کثافت خود را در او پاک کند.

توصیه‌ی مولانا برای کسی که اصل جامعه را مرد بینگارد که زنان باید در خدمت او قرار گیرند به نظر راحت‌ترین توصیه‌ی درست است. ولی خوب که دقت کنیم با این توصیه، اصل مردمحوری را هم به نابودی کشیده‌ایم. حتی اگر عرفان بخواهد با چنین توصیه‌ای به رستگاری فردی هم بیندیشد، بازنده است. هزینه نکردن برای پرورش فکری زنان، خودبه‌خود جامعه‌ی مردسالار را هم به خطر می‌اندازد. این جداانگاری، جز به انباشت خشونت در بخش آنیمایی جامعه چه حاصلی دارد؟

---

۱. **دیوان کبیر**، غزل ۶۵۳.

زاویه دیدی از درزِ در

نمونه‌های دیگر این شقه کردن جامعه و سلطه‌طلبی نرینه-محور، در اکثر متون کلاسیک الگوهای قدسی‌مآب و بیچاره‌کننده‌ای به ما می‌دهد که ظاهراً ممکن است سلطه‌گری ما را ارضا کند، اما تقاص آن را هم باید در ریاکاری و جادوصفتی‌هایی که به زنان نسبت داده شده تحمل کنیم: در ادب کلاسیک، زن، در سر راه رسیدن به محبوب اصلی مزاحمی تلقی می‌شده و بس:

> ابراهیم گیلی به عم‌زاده‌ی خود مبتلا شد وی را به زنی کرد و به وی مشغول شد. چنان‌که از بی‌قراری در دوستی وی از نزدیک وی برنتوانست خاست. روزی با خود گفت این چیست که من در آنم؟ اگر من در این حال به آخرت روم، من که باشم؟ به شب برخاست و غسل کرد و نماز کرد و بزارید و گفت الهی تو آن اولی که بودی دل مرا آن حال بازده. در ساعت زن را تب گرفت و روز سیّم را برفت. ابراهیم وی را دفن کرد و با سر وقت خود شد، پای برهنه به بادیه درآمد.[1]

زن وسیله‌ای بوده برای دفع شهوت که به محض آن‌که مرد از جانب او حس مزاحمت می‌کرده، و شائبه‌ی آن می‌رفته این کنیز

1. *نفحات‌الانس*، ص ۲۲۲.

زمینی، جای محبوب آسمانی را بگیرد، همچون رقیبی برای ذات باری بی‌هیچ عذاب‌وجدانی از سر راه برداشته می‌شده و چنین جلوه داده می‌شده که رضایت و تأیید آسمانی هم با این قتل همراه بوده است. بعداً به این مبحث که دامنه‌اش تا ادب معاصر هم کشیده می‌شود بازخواهم گشت و آن را در داستان‌های شیخ صنعان و شمس تا **بوف‌کور** پی می‌گیریم.

بعضی از این الگوسازی‌های خوارکننده‌ی زن چنان در ما رخنه دارند که نمی‌توان به‌درستی مشخص کرد از ادبیات به جامعه وارد شده‌اند یا بالعکس:

گر تو مردی را بخوانی فاطمه
گرچه یک‌جنس‌اند مرد و زن همه
قصد خون تو کند تا ممکن است
گرچه خوشخو و حلیم و ساکن است
فاطمه مدح است در حق زنان
مرد را گویی بود زخم سنان[1]

* * *

چون غزا ندهد زنان را هیچ دست
کی دهد آن‌که جهاد اکبر است؟
جز به نادر در تن زن رستمی

---

۱. **مثنوی**، چاپ ققنوس، ص ۲۵۱.

گشته باشد خفیه همچون مریمی
آن‌چنان که در تن مردان زنان
خفیه‌اند و ماده از ضعف جنان[۱]

اگر مولانا زنان غازی امروز را می‌دید چنین احکامی صادر می‌کرد؟ پس امروزه الگوها چرا هیچ تغییری نکرده‌اند؟ و اگر ادب سنتی توانسته چنین تأثیری ایجاد کند، ادبیات معاصر چرا نتواند الگوسازی کند؟ آیا روشنگر، ادبیات‌نویس و جامعه‌ی مردسالار در ژرفای دل‌خواهان چنین تغییری است؟ و یا صاحب این قلم، مهارگسیخته و یک‌جانبه با معیارهای امروزین به داوری ارزش‌های یک دوران به‌خصوص چشم‌بسته عمل می‌کند؟ در مورد پرسش دوم شواهدی هست که پاسخ منفی می‌دهد. در همان دوران هم با وجود آن‌که قلم به دست مردان بوده، کم نبوده‌اند زنانی که در هر فرصتی به نفی این ارزش‌ها می‌پرداخته‌اند تا از جداسری، تبعیض و شقه‌گری جامعه پیشگیری و یکپارچگی انسان را حفظ کنند:

روزی ابایزید تقوی بر سر منبر این می‌گفت: آن مجلس که در وی سخن رود آن می‌خواهم. آن منبر چوبین نمی‌گویم. زنی در حال برخاست و روی باز کرد پیش او. گفت: بنشین ای عورت! گفت: ای شیخ، ای مدعی! دیدی که این حال تو باری نبود؟ اگرچه سخن حق است، اما تو کیستی این سخن را؟ چون از آن تو نیست، و معامله‌ی تو نیست. قیامت را

۱. همان، ص ۱۰۰۶.

صفت آن باشد که از هیبت و سیاست، از مرد تا زن فرق نتوان کردی، همه برآمیخته باشند! ابایزید خاموش کرد.[1]

این جداانگاری و تفرقه‌اندیشی، جز انباشت خشونت در بخش آنیمایی جامعه چه حاصلی دارد؟ و شرکت ندادن زنان در ساختار اجتماع، یعنی انکار قراردادی انسانی که مرد و زن را با حقوقی برابر بنگرد و هویت دهد، جز ایجاد دشمنی خانگی و خشونتی مهارناپذیر چه پیامدهایی دارد؟ ژولیا کریستوا این معضل را چنین توضیح می‌دهد:

> تاکنون شرکت زنان در قدرت‌های اجرایی، صنعتی و فرهنگی، تغییری ریشه‌ای در ماهیت قدرت ایجاد نکرده است. به‌وضوح شاهد آنیم که در بلوک شرق، زنانی که به مقام‌های تصمیم‌گیری ارتقا می‌یابند و به یکباره از مزایای اقتصادی و نیز خودشیفتگی‌ای که در طول هزاران سال از آن محروم بوده‌اند، بهره‌مند می‌شوند، به ستون‌های حکومت‌های وقت، پاسداران وضعیت موجود و متعصب‌ترین حامیان نظام مستقر بدل می‌شوند. در عصر مدرن، حکومت‌های خودکامه، اغلب از این انطباق بی‌درنگ زنان... بهره‌برداری می‌کرده‌اند...
>
> ... همواره شمار بالایی از زنان در گروه‌های تروریستی

۱. **مقالات**، دفتر دوم، ص ۱۰۴.

(کماندوهای فلسطینی، گروه بادر ماینهوف، بریگادهای سرخ و غیره)... گزارش شده است. استثمار زنان و تعصبات سنتی... شدیدتر از آن است که بتوان این پدیده را از فاصله‌ی مناسب بررسی کرد. با این وصف، از هم‌اکنون می‌توان گفت که این پدیده، محصول ضروری...انکار قرارداد اجتماعی... و نیروگذاری متقابل این انکار است به‌منزله‌ی تنها وسیله‌ی دفاع از خود در مبارزه‌ای برای فقط یک هویت. این مکانیسم پارانویایی،... این نگرش‌ها... زمینه را برای جذب دوباره‌ی خشونت و مرگ فراهم می‌آورد... هنگامی که برای مثال زنی احساس می‌کند زندگی عاطفی‌اش در مقام زن ...بی‌رحمانه از سوی سخن یا قدرتی حاکم (از خانواده گرفته تا قدرت‌های اجتماعی) مورد بی‌اعتنایی قرار می‌گیرد، می‌تواند از طریق نیروگذاری متقابل این خشونت تحمیل شده، خود را به عامل «تحت تصرف» این خشونت مبدل سازد تا... به مبارزه با آن چیزی بپردازد که در حکم محرومیت تجربه کرده است. او این مبارزه را با سلاح‌هایی آغاز می‌کند که گرچه به نظر نامناسب می‌آیند، اما در مقایسه با رنج درونی، یا به بیان دقیق‌تر، رنج خودشیفته‌ای که این سلاح‌ها از آن ریشه می‌گیرند، چندان نامناسب نیستند.

آیا زنان برای افتادن در دام این ماشین بی‌رحم تروریسم از قابلیت بیشتری نسبت به دیگر قشرهای استثمار شده

برخوردارند؟... تنها می‌توان به این نکته اشاره کرد که از آغاز فمینیسم و حتی پیش از آن،... فعالیت سیاسی زنان استثنایی و... آزاده، به شکل قتل، دسیسه و سوءقصد بروز می‌کند... ...از این رو می‌توان به درک هشدارهایی که علیه تصرف اخیر جنبش‌های زنان توسط عبارت‌های پارانویایی همچون عبارت ننگ‌آور لاکان که «زن وجود ندارد» نائل شد. درحقیقت زن به‌منزله‌ی مالک یک یگانگی اسطوره‌ای یا قدرتی برتر وجود ندارد، قدرت برتری که ترور قدرت و تروریسم [ارعاب‌گری] به‌منزله‌ی آرزوی نیل به قدرت، بر آن استوار باشد. اما چه قدرت مهیبی برای واژگون‌سازی در دنیای مدرن! و در عین حال چه بازی خطیری![1]

نه‌تنها در ایران پیش از یورش تاتار و تازی، که پس از آن نیز، به شهادت اندک سندهای به اتفاق مصون‌مانده، زنان در پی یافتن هویت خود بوده‌اند و گرچه گاه حتی از ابتدایی‌ترین حق قانونی خود محروم بوده‌اند، از تلاش برای کسب آن هرگز بازنایستاده‌اند: در عهد مولانا، هر چند زنانی بوده‌اند که در سرپرستی خانقاه‌ها، و بالطبع در قدرت، سهیم بوده‌اند، و مولانا به احترام از آنان یاد می‌کند، اما به نظر نمی‌رسد که آن «وحدت وجود» ادعاشده از سوی جامعه‌ی مردسالار در همان زمان هم به مذاق زنان سازگار

۱. ***سرگشتگی نشانه‌ها***، نشر مرکز، گزینش و ویرایش مانی حقیقی، صص. ۱۲۲ـ۱۲۷.

بوده باشد. و ظاهراً در برابر مُثله‌گری و تفرقه‌افکنی که با خوارداشت زن همراه بوده، زنانی با توسل به راه‌های گوناگون مقابله می‌کرده‌اند، تا جامعه‌ی نرینه با اصل جلوه دادن جنس نر، زنان را از هویت خود تهی، و خویشتن انسانی و طبیعی خود را مثله نکند. ***مناقب‌العارفین*** تصویرهای فراوانی از کراخاتون، زوجه‌ی مولانا به دست می‌دهد که چطور نگران این گسست، و نشست‌های شبانه‌ی مرد خود با شمس‌الحق بوده است. دنبال کردن چند روایت از روایت‌های زیر، زاویه‌ی دیدی زنانه علیه «وحدت وجود» ادعایی را به نمایش می‌گذارد:

> هم منقول است که حرم مولانا کراخاتون... مریم ثانی بود. روایت کرد روزی حضرت مولانا در قلب زمستان با حضرت شمس در خلوتی نشسته... و مولانا به زانوی شمس‌الدین تکیه کرده و من از شکاف در خلوت گوش هوش فاسوی ایشان نهاده بودم تا چه اسرار می‌گویند و در میانه چه حال می‌رود. از ناگاه دیدم که دیوار خانه گشوده شد و شش نفر مهیب مردم غیبی درآمدند. سلام کرده و سر نهاده دسته گل در پیش مولانا نهادند... و من از هیبت آن بیهوش شده... دیدم که مولانا بیرون آمد... فرمود که کرا آن دسته گل را ...جهت تو ارمغان آورده‌اند.[۱]

۱. ***مناقب‌العارفین***، ج. ۱، ص ۹۲.

براساس متن *مناقب‌العارفین*، مولانا بعد از آن خلوت، آن دسته‌گل آسمانی را به کراخاتون می‌دهد: که «شفابخش چشم‌های نابینا و انواع بیماری‌های لاعلاج» تواند بود. وجود خرق عادت‌هایی مثل مردم غیبی در *مناقب‌العارفین*، دستاویزی شده برای آن‌که شارحان اهمیت پژوهشیِ این کتاب ارزشمند را به مستمسک غیرمستند بودن، بی‌ارزش جلوه دهند. حال آن‌که نویسنده‌ی کتاب، احمد افلاکی، خودآگاه یا نه، از لابه‌لای همین نوشته‌ها، در روایت‌هایی تکه‌پاره، سیمایی کامل از شخصیت‌های مولانا و اطرافیان او به دست می‌دهد. و شخصیت‌زنی مثل کراخاتون را در تکه‌پاره‌های روایت بازسازی می‌کند. کراخاتون به اشکال گوناگون می‌کوشد مولانا را به خود بخواند. در پشت این خرده‌روایت‌ها، سیمای زنی را می‌بینیم که محروم از حقوق زنانه‌ی خود، گاه به حیله متوسل می‌شود تا با شوی خود خلوتی داشته باشد:

همچنان از حضرت کراخاتون رضی‌اله‌عنه منقول است که گفت: در خانه‌ی ما چراغ پایه‌ای بود که به طول قد آدمی ساخته بودند. همانا که مولانا از اول شب تا طلوع فجر بر سر پای ایستاده معارف حضرت بهاء ولد را مطالعه می‌کرد. شبی جماعتی از جنیان که سکان بقاع ما بودند، به من شکایت کردند که ما را تاب تابش چراغ نیست و از روشنایی چراغ زحمت عظیم می‌بینیم، مبادا که به مردم خانه از ما المی برسد. کراخاتون فرمود که حکایت این شکایت را به

> حضرت مولانا روایت کردم. تبسم فرموده تا سه روز هیچ‌گونه جوابی نگفت، بعد از آن فرمود که بعدالیوم غم مخور که جنیان مرید و معتقد ما شدند. و به هیچ کسی از فرزندان و یاران ما زحمتی نخواهند رسانیدن.[۱]

همه می‌دانند همسر هنرمند بودن چه آفتی است؛ اشتغال ذهنی مولانا و دوری جستن از کراخاتون، در روایت زیر، به اوج خود می‌رسد: مولانا ترک می‌جوید و کرانا وصل: مولانا رستگاری و محبوبی جاودانه می‌جوید و کرانا لحظه‌ای خلوت با معبود زمینی خود؛ به چشم کرانا، اما، مولانا مرگ می‌جوید و کرانا می‌خواهد زندگانی را در او بازدمد:

> همچنان از عفاف مخدرات منقول است که روزی در ضمیر منیر کراخاتون رضی‌اله‌عنه گذشته باشد که حضرت مولانا زمان‌هاست که در تقلیل طعام و منام، و کثرت سماع و صیام، و تقریر معارف و کلام، قیام می‌نماید و مبالغه‌ی عظیم می‌فرماید و ریاضت قوی می‌کند از آن سبب اصلاً به جانب ما التفات نمی‌کند و گرد شاهدبازی نمی‌گردد؛ عجبا از صفت بشری و شهوت زناشوهری درو اثری مانده باشد یا به‌کلی اشتها ساقط شده فارغ گشته است؟ همان شب تشریف صحبت ارزانی فرموده چون شیر غران هفتاد نوبت

---

۱. همان، ص ۹۳.

دخول کرد تا به حدی که از دست مولانا گریزان گشته به طرف بام مدرسه روان شد و استغفارها می‌کرد و باز حضرتش به جد می‌گرفت که هنوز تمام نشد. بعد از آن فرمود که مردان خدا بر هر چه خواهند قادرند و بر ضمایر مردم ناظر... همانا که ترک مباشرت و معاشرت ما از غایت استغراق و مشغولیت به حضرت حق و آن هم از برای شماست؛ می‌خواهم که بعدالیوم خود را جهت آن عالم آراسته و مهیا گردانی که آن خوشی و آن لذت بی‌زوال و باقی است...[1]

و عجیب که مداراگری مولانا در رفتار روزمره با زنان و قائل شدن بعضی از حقوق آنان از این نقل متأثر است که می‌گوید غازیانی که با پیامبر اسلام به جنگ می‌رفتند دستور داشتند در بازگشت سه روز بیرون شهر اردو بزنند تا زنان آنان که گاه تا چند ماه از همسران دور بوده‌اند، با صدای طبل از بازگشت باخبر شوند، تا مبادا جنگجویان با صحنه‌های فاجعه‌بار روبه‌رو شوند. ولی کم نیست شعرهایی از مولانا و کلاً متون کلاسیکی که زن را شیئی قابل تملک و وسیله‌ی دفع می‌بینند و چیزی که مرد باید کثافت خود را در او بمالد. آثاری با این‌گونه محتوا در دیوان انوری به عذر طنز، مسکوت می‌ماند و در شاعری چون خاقانی که فخر شعر اسطوره‌گرای ماست به عنوان حکمت و پند آویزه‌ی گوشمان

---

۱. همان. ص ۴۵۰.

می‌شود؛ او از زادن دختر خود عزا می‌گیرد و در مرگ او شادی می‌کند:

سرفکنده شدم چو دختر زاد
بر فلک سر فراختم چو برفت
بودم از عجز چون خر اندر گل
بر جهان اسب تاختم چو برفت
ماتم عمر داشتم چو رسید
عمر ثانی شناختم چو برفت
محنتش نام خواستم کردن
دولتش نام ساختم چو برفت

در حالی‌که بر مرگ پسر خود سوزناک‌ترین مرثیه‌ی خود را می‌سراید: صبحگاهی در خوناب جگر بگشایید... و عجب که در همین مرثیه از رنج همسر خود هم سخن می‌گوید. سعدی می‌گوید زن خوب سزاوار مرگ است تا خود چه رسد به زن بد...[۱] این زن‌کشی و شادباش در مرگ دختر ــ که به قول روحی‌نژاد در همان دوالیسم ایرانی ریشه دارد و گونه‌ای دیگر از انگاره‌ی خودی ـ غیرخودی است ــ اگر امروزه در باوررجّاله‌ترین اوباش هم باشد، ممکن است ظریفانه‌تر با طنزی مثل «سبیل‌مان را باد برد» به زبان بیاید اما همین رجاله از مکتوب‌کردنش اکراه دارد. چون و

۱. برای فهرستی از این دست خشونت انباشته نگاه کنید به: ***ریشه‌های زن‌ستیزی در ادبیات کلاسیک فارسی***، از مریم حسینی، نشر چشمه.

چـرای ایـن بـاورها و عـلت وجـودی‌شان بـا جـامعه‌شناسان و فیلسوفان، ولی در شرح و تفسیرهای ادبی، ما هنوز حاضر نیستیم با کلامی قاطع، بخش بزرگی از مبناهای ادبیات کلاسیک را دستگاه خشونت‌سازی بنامیم و اگر شاملو به آن اشاره‌ای کرد بر او نشوریم. ولی از این‌که خدای ناکرده در کشوری بیگانه اسم ایـران جـزء کشورهای عربی، که اسمشان به دخترکشی دررفته، قلمداد شود، عِرق ملی‌مان جوش می‌آورد. چه خاصه که خلیج‌مان را بخواهند به اسمی عربی سوا کنند. اما سعدی و مولانا و خاقانی و... را که چنین رسوا به تفرقه‌گری دامن می‌زنند، سوا نکرده حلوا حلوا می‌کنیم.

ادبیات کلاسیک ما با تِقابل‌های روح / جسم، نور، / ظلمت، و زن / مرد، در طول سده‌ها، انشقاقی شفاناپذیر بین زن و مرد چنان ایجاد می‌کند که زخمش در روح تا **بوف‌کور** هدایت دوام می‌آورد و تا امروز مثل زخمی سرگشاده می‌ماند.

نوشتن با دو صورتک

آیا ما روشنفکران امروزه خواهان تغییری در زمـینه‌ی زدودن این خشونت بنیادین هستیم؟ بخش بزرگی از پاسخ ما، در تعبیر و تفسیرهایی نهفته که بر ماهیت عشق در ادبیات کلاسیک می‌نویسیم و ناخودآگاه می‌کوشیم طرز تلقی قرون وسطایی از زن را برای آن دوره، طبیعی جلوه دهیم. برای پژوهشگری غربی مـثل آن مـاری شیمل، عشق عرفانی بین مولانا و شمس می‌تواند مثل جذبه‌های

توریستی، حیرت‌انگیز باشد. اما برای خود ما که نیش و نوش این فرهنگ را چشیده‌ایم، چاره‌ای جز نقدهای موشکافانه و سره و ناسره کردن بی‌پروا نداریم. آقای جلال ستاری، در کتاب ***عشق‌نوازی‌های مولانا***، این جسارت را نوید می‌دهند که بر بخشی از خفیه‌نگاری‌های عرفان و خلوت‌خانه‌ی عارفان نور بیندازند. ظاهراً کتاب ایشان سویه‌هایی منصفانه وحتی گاه زن‌گرایانه دارد: «مولانا و شمس به زن بی‌التفات نبودند، اما این لطف و عنایت هیچ‌گاه، از نوعی احساس بی‌اعتمادی در حق زن که با تحقیر و کوچک شمردن و خوارداشت پهلو می زند، خالی نیست.» (ص. ۷۷)؛ «اما از سویی [رفتار مولانا] نشان از مرام و مسلکی دارد که امروزه مردسالاری می‌گویند.» (ص. ۹۱)، جمله‌هایی چنین رقت‌بار و در عین حال موهن در مورد زنان در این کتاب کم نیستند: «شمس حتی در برابر خصم، بردبار و مداراجو بود... و جهودان را دعا می‌کرد... اما همین مرد...زن را که نه جهود است و نه کافر، صاحب نفسکی «پلید تاریک ژنده» می‌داند. و چنان بر او [کیمیا] خشم می‌گیرد که زن بینوا دق می‌کند و از غصه می‌میرد.» (ص. ۸۲) اما در نهایت، داوری‌شان درباره‌ی عشق به زن یا مرد از دید مولانا، بر خوارداشت زن صحه می‌گذارد چراکه دغدغه‌ی اصلی نویسنده این است که به عنوان یک میانجی، بین نسل دکتر فروزانفر و سعید نفیسی با نسل امروز آشتی و آشنایی برقرار کند؛ پس به جای آن‌که بتواند با نقد بر کهن الگوها، دستاوردی تازه و

امــروزینه داشــته بــاشد، تــحکیم مــبانی ایــدئولوژیک عــرفانی را مهم‌ترین وظیفه‌ی خود قلمداد می‌کند. در این کتاب با روشی تازه در نوشتن روبه روایم که می‌توان آن را «نوشتن با دو پـرسونا یـا صورتک» نامید:

در متن کتاب بـا حـروف ۱۵ نـازنین و بـا اسـتفاده از عـلائم سجاوندی و نقل قول و استناد به نسل پیشین، باورهای مریدانه‌ی شیفتگان عرفان را تکرار می‌کنند تا نشان دهند ما نیز هم بد نیستیم؛ ولی در پانویسِ متن با حروف نازک و ریز، بـرداشت‌هـای نـو و امروزه را از قول پژوهشگران و نویسندگان نوخواه تعبیه می‌کنند تا مخاطب امروزین را هم راضی نگه‌دارند. متن کتاب بیش از آن‌که بتواند شخصیت شمس و مولانا را مـحوری بـرای آشـتیِ بـخش مشی ـ مشیانه‌ایِ جامعه قرار دهد و با تحلیل روابط انسانی بین عرفا و همسران آنان، به نقد کهن الگوهای ما کمک کند، مـی‌کوشد آن روابط را به حیطه‌ی مرید ـ مرادگری بکشد و بـا رازآلود کـردن آن رابطه‌های بطلان‌پذیر، نقدناپذیرشان کند. به چشمه‌ای از این‌گونه طرفه‌کاری استاد دقت کنیم. در مورد مرگ کیمیاخاتون بـه دست شمس، متن کتاب با نثری فاضل‌پسند و چنان بخوان که تو دانی، چنین می‌خوانیم:

داستان که شاید بـرساخته‌ی مـریدان شـمس است از نـظر کردگیش یعنی خلّتِ حق با وی و شأن والای زن حکایت دارد چون حق به صورت همسر محبوب شمس نیز بر وی

ظاهر می‌شده است. اما همین زن را روزی خواتین به رسم تفّرج به باغ جده‌ی سلطان ولد برده بودند و شمس ناگاه به خانه درآمده وی را طلبید و چون شنید که جده‌ی سلطان ولد با خواتین او را به تفّرج برده‌اند، «عظیم تَولیدو به غایت رنجش نمود؛ چون کیمیاخاتون به خانه آمد، فی‌الحال درد گردن گرفته همچون چوب خشک بی‌حرکت شد، فریادکنان بعداز سه روز نقل کرد...» (ص ۸۱).

می‌بینیم که مرگ کیمیا در این‌جا به صورتی بیان شده که گویی در اثر کرامت کلام شمس بوده: «فی‌الحال درد گردن گرفت»؛ در حالی‌که استاد در همان سطر اول «نظرکردگی» و خرافه‌پروری را به ظاهر نفی می‌کنند. استاد نظر خودشان را از خواننده دریغ می‌کنند و احتمال خرافه‌باوری را بر دوشِ متن ***مناقب‌العارفین*** ـــ که سخن خود را با آن آمیخته‌اند ـــ حمل می‌کنند؛ ضمن آن‌که اصل را بر جعلی بودن داستان بنا می‌نهند.

اما از طرفی، ذکاوت استاد ستاری که می‌دانند نیاز جامعه‌ی امروز در شفاف‌سازی و رازگشایی است، و نه رازپروری، این است که در پانویس همین صفحه‌ی ۸۱، از رمان ***کیمیاخاتون*** نوشته‌ی سعیده‌ی قدس نقل‌قول می‌کنند. رمانی که در آن، مرگ دخترک کم‌سال، در اثر ضربه‌های کاریِ دست مولانا شمس توصیف و «بی‌نقاب» شده. در پانویس

با حروف نازک و ریز چنین می‌خوانیم:

همه‌ی این اخبار، دستمایه‌ی خانم سعیده‌ی قدس در نگارش رمان خواندنی کیمیاخاتون شده که به نثری پاکیزه و روان نگارش یافته است. در رمان خانم سعیده‌ی قدس که بر مقولات عرفانی، وقوفی روان‌شناختی دارد، کیمیا، دختر کراخاتون از همسر متوفایش محمدشاه ایرانی است که پس از مرگ همسر به عقد ازدواج مولانا درآمد و وی نادختریش را به زنی به شمس داد که مردی حسود و تند خشم است و همسر جوانش را به سبب آن‌که بی‌اجازه‌اش به گردش در باغی رفته است آن‌قدر کتک می‌زند که زن بینوا جان می‌سپارد و آن‌گاه خود ناپدید می‌شود.

رمان‌نویس خواسته «بسیاری از اسرار و نادانسته‌های زندگی دو اسطوره‌ی عرفانِ جهان: شمس و مولانا» را بی‌نقاب کند،...

پانویس‌ها در بیشتر جاهای کتاب ***عشق نوازی‌های مولانا*** دریافت‌هایی تازه را به صورت زیرمیزی به خواننده می‌دهد که در متن کتاب از او دریغ شده. با همه‌ی تأیید و ستایشی که آقای ستاری در حاشیه‌ی کتاب خود نثارِ دیدگاه خانم قدس می‌کنند، باید اضافه کرد که در رمان کیمیاخاتون، که از زاویه‌ی دید زنانه واقعیت‌ها را برملا می‌کند، خانم قدس، شخصیت کیمیاخاتون را دختری چنان فرزانه ترسیم می‌کند که ـــ گاه شاید عمداً ـــ به

شکلی اغراق‌آمیز روشنفکر می نماید تا او ــــ و به‌طور کلی زن ــــ بالقوه استحقاق حیاتی هم‌شأن مولانا داشته باشد. اما آقای ستاری هر جا از کیمیا اسمی به میان می‌آورند، او را «زنی بینوا» می‌بینند که در کنار «جهودان، کافران و سگان» مستحق ترحم است: کنیزنوازی مشفقانه‌ای که پیش از عهد مولانا هم در مورد زنان اعمال می‌شده.

با موشکافی‌هایی که از استاد سراغ داریم، تنها روایت‌های متنی مثل ***مناقب‌العارفین*** کافی است که آقای ستاری را متقاعد کند که ذهنیت مولانا و امثالهم درباره‌ی زن، چگونه اسیر و سرگشته‌ی باورهای دورانی خاص بوده است که امروزه به شهادت حضور زنانی بزرگ در عرصه‌های جنگ و فرهنگ و هنر، باورهایی عقب‌مانده می‌نماید. زنان بزرگی که شکوه وجودشان فقط به یمن مجال پرورشی است که از آنان دریغ نشده. مولانا یکی از دلایل پستی زن را عدم اجازه‌ی او در جنگ می‌داند. اما نویسنده‌ی ***کتاب دا*** شرح می‌دهد که برای حضور در عرصه‌ی جنگ با چه مقاومت‌هایی روبه‌رو بوده؛ در همان حال که بیزاری خود از نابودی بشر به دست خود را مادرانه اعلان می‌کند. با این همه، استاد ستاری در داوری نهایی، شهامت برملاسازی واقعیت را از خواننده دریغ می‌کنند و ترجیح می‌دهند مریدانه، عقاید مولانا نسبت به خوارداشت ذاتیِ زن را توجیه کنند یا در صورت لزوم اصل

ماجرایی را جعلی اعلان کنند، تا همان دیدگاه سنتی باز تولید شود که زن و محبوبه‌ی زمینی را از آسمانه‌ی عشق افلاتونی، به ناچیزی فرونگریسته و هیچ زنی را شایسته ی عشقی چنان ندانسته:

طریق یگانگی با انسان‌های کامل که در حصار غیرت حق مستورند، ایجاب می‌کند که مولانا هر بار به معشوق بگوید: بی من و تو، هر دو تویی یا تو، من... سرانجام عاشق با معشوق، یکی و یگانه می‌شود...به ظاهر انگار از پیش خود، به پیش خود می‌رود، اما در حقیقت، خواستار فنا شدن در معشوق است...

به همین جهت به زبان رمز و اشاره و ایما و تمثیل و شطحیات... بهتر می‌توان از آن عبارت کرد و تردیدی نیست که مولانا هیچ زنی را سزاوار و لایق چنین عشقی که جوهری قدسی و مینوی دارد، («جوهر عشق، قدیم است») و کار بستش در حیات زناشویی، موجب پریشانی است، ندانسته است. اما واقعیت‌یابی عشق انسانیِ دوام‌پذیر، مستلزم یکی نشدن عاشق و معشوق یا زن و مرد، بل برعکس، مقتضی همکاری آن دو برای تحقق ذات خویش در عین حرمت نهادن به هم و شناخت خصایص... یکدیگر است... چنین واقع‌بینی‌ای با جذبه و ربودگی عاشق عرفانی، تفاوت ماهوی دارد و مسلم است که عشق مولانا به همسرش، هر

> اندازه که دوستش می‌داشته از مقوله‌ی عشق مجازی بوده است...[۱]

نظر عالمانه‌ی استاد ستاری در مورد عشق زناشوهری به خودی خود شاید بتواند راهگشای نگرشی امروزین باشد. اما آن‌گاه که می‌کوشند تضادهای گفتاری بزرگان کلاسیک درباره‌ی زنان را یکدست جلوه دهند، مسئولیت حفظ سنت و دم زدن از عشق حقیقی و مجازی را مهم‌ترین وظیفه می‌یابند. و در این راه چه وسیله‌ای بهتر از کلی‌گویی و اسطوره‌ستایی و تقسیم عشق به عشق زمینی و عشق هوایی و همان به صحرای کربلازدن‌های معمول:

> اگر عشق مولانا به شمس و مناسبات شگفت میان آن دو، به افسانه و اسطوره می‌ماند، این اسطوره همان اسطوره‌ی عشقِ شیفتگی خرد گریز است که ضد عشق واقع‌گرای مرد به زن در جامعه‌ی انسانی است... این انتظار از مولانا که همسرش یا هر خاتون دیگری را شیفته‌وار دوست بدارد، توقعی بی‌جاست، گذشته از آن‌که دو کیسه بودن با زن، مرام اوست.[۲]

آیا لازم است به هر وسیله‌ی ممکن، خواننده را در برابر تمثالی

---

۱. ***عشق‌نوازی‌های مولانا***، صص ۱۱۴-۱۱۵. ۲. همان، ص ۱۱۷.

ادبی و فرهنگی چون مولانا، چنین خلع سلاح کنیم که مثلاً «دوکیسه بودن با زن مرام» مولاناست؟ اگر خواننده بو ببرد که دو کیسه بودن با زن، نه‌تنها مرام این بزرگوار بوده، نه‌تنها مراد او شمس هم این نگرش را داشته، بلکه در سراسر قونیه و ارز روم، بین رومیان رسمی معمول بوده، از مرتبه‌ی رسالت مولانا چیزی کاسته می‌شود؟ اگر باور به پستی زن نسبت به مرد را در مجموعه‌ی نظام‌مند ارزش‌هایی جا دهیم که در قرون وسطا متداول بود،از عیار قداست رومی کم می‌شود؟ وقتی حاضر نیستیم در این مورد شفاف حرف بزنیم، از تناقض‌گویی‌های آشکار ناچاریم. هر بزرگی به هر بزرگی که بوده باشد، از دایره‌ی باورهای مرسوم و مألوف عصر خود رها نمی تواند باشد. مولانا رومی هم آمیزه‌ای در هم و متناقض از باورهای عصر خود را به مناسبت‌های گونه‌گون، در آثار خود می‌آورد که اگر بخواهیم همه‌ی آن‌ها را یکجا جمع کنیم، خودمان را گیج‌تر کرده‌ایم؛ و وقتی بخواهیم این تناقض‌ها را موجه جلوه دهیم تا رومی را از زیر ضرب نقد بیرون بکشیم، با تضادی روبه‌رو می‌شویم که زنان رشید و فرزانه‌ی امروز را نفی می‌کند. چراکه همانطور که در عصر مولانا پرواز با هواپیما در تصور این شاعر نمی‌گنجید، سرنشینی زنان در سفینه‌های کیهان‌نورد هم جزء محالات قلمداد می‌شد و زن را تنها در پشت دوک نخریسی می‌توانست به تصور درآورد. استاد ستاری این نگرش را نه همچون نگرشی قرون وسطایی و نسبی، بلکه چون اصلی کلی و

همیشگی پذیرفته و آن را از قول مولانا و متون کلاسیک بازتولید و به روز کرده‌اند؛ در صفحه‌ی ۱۲۱ کتاب می‌خوانیم: «لذا [مولانا] مرد را بر زن فضیلت داد، شاید **نه منحصراً به سبب ناشایستگی زن و** غلبه‌ی آن‌چه امروز مردسالاری می‌نامیم، گرچه آن بینش مذهب مختار زمانه است. اگر **این حدس درست باشد،** امتناع مولانا از انتصاب زنی به مقام شیخی و خلیفه‌گری، شاید ناشی از این باور هم هست که به‌راستی، سلطه‌ی مرد بر زن ظاهری است و مرد فرهیخته‌ی بخرد، به سابقه‌ی محبت و مهر، مغلوب زن می‌شود.» (تأکیدها از این قلم است.) تأیید باورهای سنتی نسبت به زن، افشای درونیات ما روشنفکرانی است که به رغم داد سخن دادن درباره‌ی دموکراسی، در بن اندیشه‌ی خود دیکتاتورهایی هستیم که با چنگ و دندان از مواضع عقب‌مانده‌ی سنت دفاع می‌کنیم:

> مولانا... که مردی بی‌پرواست آن هم در عصر تعصبات مذهبی و برادرکشی و «روزگاری پرآشوب که از یک سو، هنوز آتش جنگ‌های صلیبی زبانه می‌زد و از دیگر سوی، شمشیرهای مغولان خونخوار، باران مرگ بر سر مردم ایران و عراق و آسیای صغیر فرو می‌ریخت»، شایستگی غریبی در جمع و تلفیق اضداد دارد:

هم آراینده‌ی مجالس سماع و ذوق و وجد است (و از آستین جنباندن و دست زدن و سرود گفتن و پای کوفتن و حالت کردن، به رغم طعن و تشنیع منکران نمی‌هراسد) و هم پایبند

> شریعت و سنت، ولی خود در این جمع و تلفیق، هیچ تضادی نمی‌بیند...[۱]

ولی استاد سرانجام مجبور می‌شوند با نگاهی متوسع، این تلفیق اضداد را به تضادگویی‌های شاعر درباره‌ی زنان بکشانند و آن را زیر ذره‌بین بگذارند:

> حال این پرسش به ذهن خطور می‌کند که آیا مذهب عشق مولانا نیز که زن گریز می‌نماید، در خود به سامان است؟

مولانا از سویی می‌گوید: «قدرت مردان، ظاهری و چیرگی زنان، باطنی و نهایی است و ریشه‌ی این چیرگی و قهاری، مهر و محبت است که از صفات بزرگوار و والای انسانی شمرده می‌شود، و بدین جهت، مردان فرهیخته و خردمند، غلبه‌ی زنان را می‌پذیرند و مردم ناتراشیده و بی‌خرد و دانش، زنان را به زیر فرمان می‌کشند... بنابراین می‌توان گفت که معیار انسانیت و صفای روح، در نظر مولانا، عشق‌ورزی و فرمانبرداری از زنان و میزان حیوانیت و ستورطبعی، درشتی و آزار آن‌هاست» و از سویی دیگر اگر هم بر این باور نیست که زنی که مرد آزاده، مغلوب اوست، برخلاف جاهل که بر وی غالب می‌آید، راهبر عاشق به

۱. همان ص ۱۱۷.

سوی معشوق ازلی تواند بود، قطعاً باور دارد که زن خوبرو، مظهر جمال حق است و عشق به زن، عشق به خداست گرچه خود به دلایل اجتماعی یا عقیدتی (و این دو به هم وابسته‌اند) چنین پسندیده که مرد، شیخ و مرادش در سیر و سلوک معنوی عشق باشد. حال فرض کنیم که مولانا همانند بعضی مشایخ، از همدمی و هم‌نفسی زنی برگزیده برای سیر الی‌الله ابا نداشته است و نه در قول و نظر، بلکه عملاً و واقعاً، زنی را پیر و دستگیر خود شناخته است و در این صورت آیا در نظریه‌ی عرفانی عشق و عاشقی، تضاد و تعارضی نهفته نیست که از دستکم گرفتن زن و وسیله پنداشتن او نشان دارد؟ البته مولانا، چنان‌که می‌دانیم، هیچ‌گاه زنی را راهبر خود در مذهب عشق ندانسته و نخواسته است، اما اگر سیر و سلوک عاشقانه‌ی صوفیه‌ی جمالی به نظر بعضی، متضاد می‌نماید، بدین جهت است که با دوگونه عشق، سر و کار داریم و آن دو گونه عشق، هم‌ذات نیستند. زنی که در نظر مولانا سراسر مجلای حسن حق نباشد (گرچه در هر صورت خوب، جمال حق پرتوافکن است)، مولانا دوستش می‌تواند داشت، همان‌گونه که کراخاتون و دیگر خاتونان مرید را دوست می‌داشت یا شمس، کیمیا را (عشق زناشوهری)؛ ولی اگر مظهر حق بنماید، مولانا فی نفسه دوستش ندارد، بلکه در آئینه‌ی صورتش، حق را

پرستش عاشقانه می‌کند (عشق شیفتگی) و زن در این‌جا واسطه و میانجی است، گرچه دور نیست که سالک در دام عشق زن گرفتار آید و معشوق حقیقی را از یاد ببرد. آن‌چه این موقعیت را پیچیده‌تر می‌کند این است که نگرش نامناسب زمانه به زن با تلقی صوفیه از وی به مثابه‌ی منهاج یا قنطره‌ای [نردبان]. که به عشق «حقیقی» می‌انجامد، درمی‌آمیزد که حاصلش، امتناع از گزینش زنی همچون همدم و همنفس است و طبیعی است که این‌گونه رفتار دالّ بر زن‌گریزی قلمداد شود! آن‌جا که مولانا می‌گوید «غلبه‌ی مرد، ظاهری و غلبه‌ی زن باطنی است؛ مرد آزاده مغلوب زن است برخلاف جاهل که بر زن غالب می‌آید؛ رحمت و رقت، صفت انانی و درشتی، صفت حیوانی است»، منظور، عشق انسانی عشقی است که در زناشوهری (چون طلب لذات جنسی تنها در حیطه‌ی ازدواج جایز است)، سازنده و پزنده است، بدین معنی که در یک جفت، هر یک دیگری را همچون واقعیتی صاحب شخصیت و هویت، می‌بیند و می‌پذیرد، بی‌آن‌که در وی ذوب شود و بنابراین، زن و مرد به سائقه‌ی عشقی که آنان را به هم می‌پیوندد، استقلال وجودشان را پاس می‌دارند و می‌کوشند تا با یاری و همکاری از سر عشق، به کمال لایق حال خود برسند.[1]

۱. همان‌جا، صص ۱۱۸ـ۱۱۹.

تحلیل بخردانه‌ی استاد از عشق سازنده، نمی‌تواند سرپوشی بر اعتقاد بیان‌نشده‌ای بگذارد که از خلال اما و اگرها و علامت‌های سجاوندیِ ارجاع به متون، بیرون می‌زند؛ جمله‌ها هر چند در پرانتز می‌آید تا ارجاع به استاد فروزانفر و متون کلاسیک را برجسته، و باورهای خود آقای ستاری را مستور نگه دارد، قاطعیتِ بیان، عقاید خود استاد ستاری را هم به دیده می‌آورند: وقتی تنها، زن خوبرو و قشنگ است که قنطره‌ی عشق الهی است، پس می‌توان عکس قضیه را هم چنین نتیجه گرفت که زنان ناخوبروی، مظهری شیطانی‌اند؛ (ابن‌خفیف، عارف بزرگ، در برابر خوبرویان سجده می‌کرده)؛ سخن استاد وقتی می‌نویسند «تلقی صوفیه از زن به مثابه... قنطره‌ای که به عشق حقیقی می‌انجامد... که حاصلش، امتناع از گزینش زنی همچون همدم و هم‌نفس است و طبیعی است که این‌گونه رفتار دالّ بر زن‌گریزی قلمداد شود»، ظاهراً منطقی به نظر می‌آید چرا که به هر حال پای عشق حقیقی، عشق به حق، که به میان می‌آید، عشق به زن، خود به خود، عشق مجازی و دروغین را تداعی می‌کند و این امر، از نظر استاد، به‌درستی می‌تواند استفاده‌ی ابزاری و نگاه زن‌گریز را نقد کند؛ اما، وقتی می‌نویسند: «گرچه در هر صورتِ خوب، جمال حق پرتوافکن است»، دیگر باید در معیارهای ادعایی تردید کنیم؛ و به راهروهای دادگستری‌ها سری بزنیم تا بدانیم بسیاری از این خوبرویان و مظهرهای عشق حق، این روزها چگونه با دام زیبایی خود، با گرو گذاشتن «مظهریت

حق»، در کمتر از شش ماه زندگی زناشویی، حریصانه در پی مصادره‌ی اموال و بادام درویشان و املاک همسران خویش‌اند.

استاد می‌گویند «زنی که در نظر مولانا سراسر مجلای حسن حق نباشد، مولانا دوستش می‌تواند داشت، همان‌گونه که کراخاتون...» و از زن «برگزیده» کلی بافانه سخن می‌گویند ولی توضیح نمی‌دهند که اولاً زن «برگزیده» از نظر مولانا بی‌برو برگرد، زنی است خوبروی و حتی‌الامکان از تبار شاهزادگان یا دستکم وابسته به اشرافیت، «همان‌گونه که» کراخاتون بود. و این امر، از نظر استاد، به هیچ‌وجه استفاده‌ی ابزاری قلمداد نمی‌شود. این‌ها همه فدای خاک پای مولانا. اما برای خواننده‌ی ایرانی که مثل من در بن وجود خود آمادگی آغشتگی به عرفان دارد، چنین توجیه‌هایی، الگوسازی‌های زن‌ستیزانه نیست؟ وقتی نگاه روشنگرانه به فرهنگ چنین است، پس دیگر چرا از زنان به خاطر عمل‌های زیبایی که گاه تا مرز «بکش ولی خوشگلم کن» پیش می‌روند دل‌زده باشیم؟ تحلیل و خوانش امروزین استاد از متون کلاسیک چه فرقی دارد با این داستان باستانی که در متونی مثل ***مرصادالعباد*** یا ***انسان‌کامل*** آمده، که: وقتی خداوند دید که آدم در بهشت چنان شیفته‌ی حوّا شد که در شُرُف فراموش کردن خداوند قرار گرفت، غیرت خداوندی آنان را به هبوط و هزاران سال جدایی از یکدیگر محکوم کرد؟ برداشت از متون باستانی اگر بازآفرینی همان متون با نثری به مراتب نازل‌تر باشد، چه معنایی دارد جز این‌که ما بخواهیم نظر و

باور خود را، مثلاً درباره‌ی زنان، با استناد به اعتبار متون کلاسیک، دوباره به جامعه‌ای تزریق کنیم که صدها سال از عصر تولیدِ آن باورها فاصله‌ی صوری گرفته؟ اما واقعیت شاید همین باشد که استاد می‌نمایند چون ما در همان اعصار اسطوره‌ای محصوریم؛ وگرنه باور به دوگونه عشق «حقیقی و مجازی» چنین مورد استناد و تأیید ضمنی ما قرار نمی‌گرفت و دستکم زیبایی معیاری فراخ‌تر می‌یافت:

> وقتی مولانا... خاطرنشان می‌کند که زنان مظاهر صفات الهی زیبایی و رحمت و لطف و رأفت‌اند، لاجرم معتقد است که حسن و خوبی شورانگیز زن هر چند در او متمکن است، ولی در اصل به او تعلق ندارد. بلکه پرتوی از جمال حقیقی در عالم مادی و بازتاب جمال الهی است. و به همین جهت، صوفیه بر آنند که عشق مجازی، قنطره‌ی عشق حقیقی می‌تواند بود. پس توقف در همان منزل عشق انسانی، یعنی صورت‌پرستی و شاهدبازی، موجب گمراهی و مانعی در سیر و سلوک معنوی است: قبله‌ی ظاهرپرستان روی زن.
>
> این عشق، عشق شیفتگی است که اقتضای طبیعتش، گداختن یا فنا شدن در معشوق است و بدین سبب، مرگ در نظر مولانا موجب شادمانی است، چون اگر «روح انسانی که سال‌ها محبوس زندان دنیا و چاه طبیعت شده بود و اسیر صندوق بدن گشته، از ناگاه به فضل حق، خلاص یافت و به

مرکز اصلی خود رسید، نه موجب شادی و سماع و شکرها باشد؟

روح سلطانی ز زندانی بجست
جامه چه درانیم و چون خائیم دست

پیداست که این دوگونه عشق ناهمسازند. یکی «واقع بین» است و از زن رویگردان نیست چنان‌که مولانا، ترک دنیا دوستی و یا تنگ عیشی را موعظه می‌کند، نه وانهادن زن و فرزند را گرچه در نظرش، نهایتاً مرد بر زن فضیلت دارد؛ اما دیگری به واقعیتِ عینی بی‌اعتناست و به جان جانان عشق می‌ورزد و زن در این سیر و سلوک ممکن است راهبر و راهنمای سالک باشد و یَا برعکس، دستیار شیطان لعین![1]

تحلیل توریستی، نقد فرهنگی

بین عقاید مولانا و باورهای آقای ستاری، مرزی وجود ندارد؛ تنها گیومه و علامت تعجب است که فاصله‌گذاری را القا می‌کند. خواننده، با عقاید مولانا یا به نقل مستقیم از مرحوم استاد فروزانفر یا با برداشت غیرمستقیم خود نویسنده، رو در روست؛ و بی‌آن‌که بتواند به دستگیری نقد و تحلیلی امیدوار باشد، باید خود را به سیلانی آشنا از ستایش‌هایی بسپارد که پیش از این او را برده بوده است. هرچند گهگاه استاد جمله‌هایی در ردّ عشق شیفتگی در

۱. همان، صص. ۱۱۹ـ۱۲۰.

کتاب می‌آورند، اما این عشق شیفتگی طوری نموده می‌شود که گویی تنها در عرفان و یا در مسیر عشق آسمانی اتفاق می‌افتد؛ در حالی‌که استاد خوانده‌اند که در اثر همین عشق حقیقی چطور زانوان مولانا در فراق شمس از رفتار باز می‌ماند. و گاه همین فلج‌زدگی در عشق زناشوهری و انسانی است که به شکلی بارزتر پدیده‌ی عشق بیمارگونه‌ی ایرانی را بازتاب می‌دهد و صادق هدایت آن را درونمایه‌ی **بوف کور** و دستکم بیست داستان کوتاه خود، قرار می‌دهد و باور دارد که تا این معضل آدم-حوایی حل نشود، زندگی ما جز جهنمی از جنون و خودکشی و مرگ نیست. و فروغ فرخزاد که در شعر «معشوق من» این عشق خودآزار را عریان می‌کند، در شعر بلند «ایمان بیاوریم به آغاز فصل سرد»، به مایه‌های رابطه‌ای می‌پردازد که به نام وصل، فصل می‌زاید و زیر صورتک معنویتی دروغین، با پرچم توحید و یگانگی، به تفرقه و تفریق می‌اندیشد؛ فرخزاد هم مثل هدایت جامعه‌ای مرده را تصویر می‌کند که جنازه‌هایش هنوز به مرگ خود، خو نکرده‌اند. مردانی که زنان خود را تحقیر می‌کنند و به جای امکان آموزش و مشارکت به او، بار خوارداشت‌های خفه‌کننده‌ی تاریخ و فرهنگی ریاکار را دوباره و چندباره به رخ او می‌کشند تا افسردگی و دلمردگی را بر او بار کنند و ندانند که افسردگی او کل جامعه را می‌مرگاند. این مرگ عمومی را تنها در آثار هنرمندانی چون هدایت، شمس کسمایی و فروغ می‌بینیم که به چشم مرکب و نگاه کل‌نگرِ زنانه-مردانه

مسلح‌اند. فروغ فرخزاد هیچ ابایی ندارد که این ریاکاری را مستقیماً به چشم فرهنگ مردسالار جامعه‌ی خود بکشد و با طنزی آغشته به زهرخند، نیمه‌ی دیگر خود را و مهر دروغین او را برملا کند:

> ما مثل مرده‌های هزاران هزار ساله به هم می‌رسیم و آنگاه /خورشید بر تباهی اجساد ما قضاوت خواهد کرد. /من سردم است / من سردم است و انگار هیچ‌وقت گرم نخواهم شد / ای یار ای یگانه‌ترین یار «آن شراب مگر چندساله بود؟»... سلام ای شبی که چشم‌های گرگ بیابان را / به حفره‌های استخوانی ایمان و اعتماد بدل می‌کنی / ای یگانه‌ترین یار / چه مهربان بودی وقتی دروغ می‌گفتی...

فروغ نیز مثل هدایت بر همین ریا و دروغی که معنویت را بدنام کرده و به لباس یگانگی و توحید ملبس شده انگشت می‌گذارد:

> این کیست این کسی که روی جاده‌ی ابدیت / به سوی لحظه‌ی توحید می‌رود / و ساعت همیشگی‌اش را / با منطق ریاضی تفریق‌ها و تفرقه‌ها کوک می‌کند...

این‌گونه نقد عریان و سخن گفتن روشن از فرهنگ، کجا و تجلیلی مریدانه از فرهنگ را به نام تحلیلی دلخوشانه پذیرفتن کجا؟ نقد فرهنگی ما اگر بخواهد باجی به خواننده بدهد یا از دید توریستی، ستایش‌های تاریخ‌گذشته صادر کند، چه فرقی با

صادرات چینی دارد که هم از تسبیح و سجاده کالا می‌سازد و هم از پیاله و افیون و می؟ در این کتابِ استاد ستاری، که من از آثارشان بسیار آموخته‌ام، خواننده درگیر عشق مجازی و حقیقی، زمینی و هوایی است که لابد باید نتیجه بگیرد عشق مجازی همان عشق خودشیفته است. ولی بی‌آن‌که تکلیفش روشن شود که بالأخره عشق حقیقی چیست، در انتهای کتاب با این مشکل دیگر روبه‌رو می‌شود که عشق شیفتگی هم، که ظاهراً استاد بر آن تاخته بودند چون استقلال فردی را از بین می‌برد، خودش دنیای زیبایی است و برای پرواز به لاهوت، اسبابی لازم است:

> بی‌گمان هر عشق صادقانه‌ی انسانی که کلاً در محدوده‌ی روابط جسمانی درمی‌گنجد، خاصیت تذلیل و تهذیب دارد و در هر عشق جسمانی، بهره‌ی روح هم هست و عشق‌های زمینی بر مجرد صورت و روی معشوق، محدود و منحصر نیست؛ اما این سخنی دیگر است و خواست و اراده‌ی عاشق حق که خود را در ذات خداوند دربازد و فانی کند، سخنی دیگر، چون این دو پادشاه در یک اقلیم نمی‌گنجند.

مولانا در عشق، به ماورای افق‌های حسی نظر دارد و فرشتگان الهی، وی را به فراسوی دنیای حس می‌برند، بنابراین نمی‌تواند زنِ همسر را به عشق شیفتگی که مقتضی پرواز در هوای اوج‌ها و استعراق در فراخنای آفاق ماورای حس است دوست بدارد؛ چون راهش مردن

است و نقد خود به آسمان بردن است که تا نمیری نرسی. این سلوک که به نخستین نگاه، دالّ بر خوارداشت زن و کم‌محلی به اوست، از دغدغه‌ی درنیامیختن آن دوگونه عشق نیز آب می‌خورد و خلط این دو مفهوم متضاد، موجب پریشانی‌ها و گمراهی‌هایی است که ریشه در مزج ناهشیارانه‌ی دو دنیای ناساز لاهوت و ناسوت دارد. دنی دوروژمون بر آن است که موجب اصلی بحران زناشویی در غرب، ناشی از جمع ناممکن میان این دو نظریه‌ی متعارض عشقی است که من در کتابی دیگر به تفصیل از آن یاد کرده‌ام.[1]

اذعان داریم که در زمینه‌ی اسطوره، اگر کتاب‌های استاد ستاری نبود، چیزی کم داشتیم. اما در ***عشق‌نوازی‌های مولانا***، خواننده با همان لاپوشانی‌هایی روبه‌روست که در متن‌های مریدانه دیده‌ایم. استاد ستاری در جایی به صورت ضمنی و روشن‌بینانه، از عشق شیفتگی به عنوان بیماری روحی یاد می‌کنند که «آسیب‌زا» است و احتیاج به «درمانگر» دارد:

بعضی این آرام گرفتن مولانا را که با یافتن شمس پس از غیبت یا قتلش، و جایگزینی وی با مونسی دیگر به دست آمد، «کاتارسیس» نامیده‌اند. کاتارسیس (پالایش، تخلیه‌ی هیجانی) واژه‌ای یونانی است که ارسطو در توصیف

۱. همان، ص ۱۲۳.

پدیده‌ی تصفیه یا شسته شدن شهوات تماشاگر تراژدی به کار برده است و در زبان زیگموند فروید... به معنای راه و روش درمان روان‌کاوانه است، چون در مداوا به طریق روانکاوی، بیمار اندک اندک، توفیق می‌یابد که عواطف یا انفعالات بیماری‌زایش را از خود براند، بدین قرار که با تجدید خاطره و تجربه‌ی حوادث آسیب‌زایی که با آن عواطف و انفعالات همراهند... به تخلیه‌ی هیجانی نائل آید. در مورد مولانا، معنای روانکاوانه‌ی کاتارسیس مصداق نمی‌یابد، زیرا روان‌درمانگری وجود ندارد. اما در قیاس با تأثیر تماشای تراژدی در نفسِ تماشاگر، بی‌گمان مولانا به همان آرام و قراری می‌رسد که مورد نظر و مراد ارسطوست، منتهی در آن‌جا، تماشاگر چون دهشت و شهوتش را برکسی فرامی‌فکند یا در او متمثّل می‌بیند، از راه مشابهت و سنخیت، پالوده و آسوده می‌شود و در این‌جا، مولانا چون شمس را درونی می‌کند و فرو می‌برد آن‌چنان که هر دو یکی می‌شوند، آرام می‌گیرد، زیرا دیگر فراق و هجرانی وجود ندارد که درد و رنج برانگیزد، و کسی که دوری و غیبت و استتارش، مایه‌ی عذاب و پریشانی بود، در ملک وجود عاشق یا طالب، جا خوش کرده با وی هم‌خانه شده است. از این رو اصطلاح درون‌فکنی... مناسب‌تر است.[۱]

---

۱. همان، صص. ۴۰ ـ ۴۱.

عشق شیفتگی، که در آن، عاشق، بی‌اختیار زمام روان خود را از کف می‌دهد، گویا در مورد مولانا نوعی سرسپردگی اختیاری، آگاهانه و ناآگاه، تلقی می‌شود برای طیران روح به سوی حق که کافی است سرسپارنده، از امانتداری و ولایت پیر، مطمئن باشد. این نوع سرسپاری که در عشق زناشویی، مخرب و مختل‌کننده‌ی تن و روان است، از دید استاد، تنها برای مسافران لاهوت تجویز می‌شود. ولی در مورد همان مولانا هم می‌بینیم که هزینه‌ی این گردونه‌ی طیران‌دهنده، چندان کم‌بها نیست. انزوا و حالت افسردگی مولانا در غیبت‌های اولیه‌ی شمس پرنده، در همه‌ی متون، آسیب‌های عشقی فلج‌کننده را شرح می‌دهد که در شرایط معمول و در عشق زمینی، چه‌بسا که به انگیزه‌ی مرگ یا قتل بدل شود. و استاد ستاری در بیان خطرات این نوع عشق بیمارگونه بین مرد با زن یا شاهد، سنگ‌تمام می‌گذارند. نام‌گذاری‌هایی چون «عشق مجازی، حقیقی، زمینی، و آسمانی» را که کنار بگذاریم، و نگاهی به واقعیت‌های اطراف خود یا به صفحه‌ی حوادث روزمره کنیم، آیا این‌گونه عشق، همان نیست که باعث می‌شود عاشقی بر صورت معشوقه‌ای که به‌اصطلاح «بی‌وفایی» کرده، اسید بپاشد؟ این همان سودایی نیست که در روزنامه‌ها روایت‌های دلخراشش را دیده‌ایم: عاشقی که حاضر بوده سر و جان فدای فرد دلخواه ـ دخترعموی ـ خود کند، به محض شنیدن جواب رد و این واقعیت که آن دختر، شخص دیگری را دوست دارد، تینر بر روی او ریخته، زندگی او را دود کرده و بعد هم خود را با تینر آتش زده.

این عشق، هر اسمی که رویش بگذاریم، با جنونی افسارگسیخته همراه است؛ و چنان که به‌زودی خواهیم دید حتی در مورد شاعری مثل مولانا، از انگیزه‌های قتل و نادیده گرفتن حق حیات آن دیگری مصون نیست. ولی استاد ستاری با همه‌ی واقع‌نگری‌های خود، می‌کوشند در انتهای کتاب، داستان رابطه‌ی مرید و مراد را، در جایگاه اسطوره‌ای با پایان خوش حفظ کنند. استاد ستاری که خود بهترین نمونه‌های زن‌ستیزی و زن‌گریزی را از آثار شمس و مولانا بیرون کشیده و در این کتاب عرضه داشته‌اند، آن همه خرده‌روایت‌های موجود در متون مربوط به زندگی مولانا و رابطه‌ی او با شمس، کراخاتون، و کیمیا را خوش‌انگارانه تعبیر به خیر می‌کنند، و همان اشاره‌ی مختصر به قتل شمس را هم که به صورت نقل‌قول آورده‌اند، پس می‌گیرند تا در نهایت، شهامت برملاکردن واقعیت زن‌کشی در فرهنگ ما از خواننده دریغ شود. ایشان گفت‌وگوی مولانا و شمس درباره‌ی «تجلی حق یا شیطان در جمال کیمیا» را نادیده می‌گذارند. از تغییر موضع احتمالی مولانا در قبال شمس سخنی نمی‌گویند تا از حرف خود در تأیید لزوم عشق شیفتگی برنگردند و رابطه‌ی مراد-مریدی همچنان رازگونه و مقتدرانه تاریخ مصرف خود را با مهری باسمه‌ای تجدید کند؛ رفتار و گفتار مولانا را در حد یک پسند شخصیِ او، کاهش می‌دهند؛ و در این راه، نیمی از واقعیت را فدای نیمه‌ی دیگر می‌کنند.

سایه‌ی عرفان در بوف‌کور

ماجرای آخرین غیبت شمس‌الحق به گونه‌های مختلف گفته و بازگوشده است؛ یکی از روایت‌ها این است که علاءالدین، پسر مولانا، دل در گرو عشق کیمیاخاتون، دخترخوانده‌ی مولانا، داشت؛ مولانا، کیمیاخاتون را به زناشویی با شمس سالمند فرمان می‌دهد تا شمس پرنده را برای همیشه در حجره‌ای از خلوتخانه‌ی خود، در کنار خویش داشته باشد. شمس، بعد از تزویج، از آمد و رفت علاءالدین به خانه‌ی پدری ممانعت می‌کند و یک‌بار وقتی کیمیاخاتون از بامداد تا غروب بدون اطلاع شمس با زنان به باغی می‌رود، شمس، بی‌تاب و غیرت‌زده با او درگیر می‌شود و دختر پس از سه روز جان می‌سپرد. بعضی منابع، این واقعه را جزء کرامات شمس می‌شمارند که گویا همچون شیخ جام قادر بوده زنان نافرمان خود را فلج یا کور کند؛ و بعضی مآخذ، مرگ دختر را در اثر ضربه‌هایی می‌دانند که شمس بر او وارد می‌کند. ***مناقب‌العارفین*** که طی یک سلسله روایت، ماجرای زندگی زناشویی این پیرمراد و کیمیای جوان را دنبال می‌کند، درباره‌ی آخرین غیبت شمس، از کشته شدن او به دست علاءالدین سخن می‌گوید و با زبانی عارفانه و نحوی مریدانه، پای مولانا را هم در این قتل به میان می‌کشد:

> همچنان اصّحِ روایت از حضرت سلطان ولد چنان است که پیوسته حضرت مولانا شمس‌الدین در اوایلِ حال از حضرت ملک ذوالجلال به انواع تضرع... التماس می‌نمود

> که از مستورانِ حجابِ غیرت خود یکی را به من بنمای؛ الهام آمد که چون به خذا الحاح می‌کنی... اکنون شکرانه چه می‌دهی؟ گفت: سر؛ عاقبة‌الحال چون وصال دست داذ... مگر شبی در بندگی مولانا نشسته بود در خلوت؛ شخصی از بیرون آهسته اشارت کرد تا بیرون آید، فی‌الحال برخاست و به حضرت مولانا گفت: به کشتنم می‌خواهند، بعد از توقف بسیار پدرم فرمود: ألالهُ الخلقُ وألامرُ [قرآن، ۵۳/۷، برای اوست آفرینش و امر]... مصلحت است، و گویند هفت کسِ ناکسِ حسودِ عنود دست یک دگر کرده بودند و ملحدوار در کمین ایستاده چون فرصت یافتند، کاردی راندند و همچنان حضرتِ مولانا شمس‌الدین چنان نعره‌ای بزد که آن جماعت بیهوش گشتند و چون به خود آمدند غیر از چند قطره‌ی خون هیچ ندیدند و از آن روز تا غایت نشانی و اثری از آن سلطانِ معنی صورت نبست...[۱]

شمس از توطئه‌ای آگاه است و وقتی آن را با حامی و عاشق خود در میان می‌گذارد، درواقع مولانا با این جمله که مرگ به دست خداوندست و هر چه او بخواهد پیش می‌آید، شمس را به دست تقدیر خود می‌سپارد. در روایت‌های تکه‌پاره‌ای که ***مناقب‌العارفین*** به دست می‌دهد، چند نفر نقاب‌پوش و علاءالدین بی‌نقاب با کارد،

---

۱. *مناقب‌العارفین*، صص. ۶۸۳ـ۶۸۴.

شمس را دوره می‌کنند و از میان برمی‌دارند. علاءالدین، بعداً به مرضی مهلک جوانمرگ می‌شود و مولانا حاضر نمی‌شود بر جنازه‌ی او نماز بگذارد؛ و پس از مدت‌ها که به زیارت اسیران خاک می‌رود، ضمن زیارت خاک پدر، بهاء ولد، به مزار علاءالدین که می‌رسد قلم و کاغذی می‌گیرد و بیتی در طلب آمرزش او می‌نویسد که سنگ‌نوشته‌ی گورپسر می‌شود. شارحان مولانا می‌کوشند نماز نخواندن مولانا بر جنازه‌ی پسر را به رقّت قلب پدری نسبت دهند که مثل هر پدر دیگر نمی‌تواند شاهد به خاک رفتن پاره‌ی تن خود باشد؛ اما این توجیه که دکتر زرین‌کوب به تقلید از پیشینیان خود می‌آورد نمی‌تواند در مورد عارف صادقی چون مولانا صدق کند که مرگ جسمانی عارف را «شب عُرس» می‌خواند و در زمان حیات خود دستور می‌دهد پیشاپیش جنازه‌ی هر عارفی، بعد از خواندن آیات قرآن، ساز و دهل بزنند.

شهامت آقای ستاری همین بس که جرئت می‌کنند و روایت قتل شمس از ***مناقب‌العارفین*** را دستکم به شکلی غیرمستقیم می‌آورند و مثل خیلی از شارحان، سعی در پوشیده نگه‌داشتن آن نمی‌کنند. شاید احساس مسئولیتی نسبت به خواننده، ایشان را وادار می‌کند بدون آوردن اصل روایتی که در بالا مذکور شد، به‌طور ضمنی آن را در تعبیر مفسری پاکستانی بیاورند:

افضل اقبال پژوهنده‌ی پاکستانی بر آن است که مولانا می‌بایست از این هراس و تردید که مبادا شمس با وی متحد

نماند و برود و او را با خاطره‌ای بالنده و دردناک تنها بگذارد و کار مولانا در جست‌وجوی سیمایی گاه به گدایی کشد، برهد. این قید با رفتن شمس شکسته می‌شد و مولانا رهایی می‌یافت. همچنین به زعم افضل، شمس نمی‌توانست تا ابد در قید امتنانِ پذیرنده‌ی هدیه‌ای که خود آن را آزادانه عطا کرده بود بماند و «مفعول دائم عشق شخص دیگری باشد»، چون این پیوند، وابستگی‌ای ظالمانه و خفت‌بار است. از این‌رو شایعه‌ی کشته شدن شمس به دست مریدان مولانا، دست‌کم «از جنبه‌های نمادین و روان‌شناختی، حقیقت محض است. شمس باید کشته می‌شد تا فردیت رومی، مجال شکوفایی یابد. شمس به عنوان مجسمه‌ی آمال و نیازهای معنوی رومی، باید می‌مرد، باید از جنبه‌ی روان‌شناختی به قتل می‌رسید تا رومی بتواند این آمال و نیازها را از آن خود بشناسد و بپذیرد. از نظر روان‌شناختی، درست‌تر آن بود که گفته شود شمس را رومی کشت، چه اگر نمی‌کشت، مورد سرزنش او واقع می‌شد.[۱]

اما، آوردن این تفسیر، مانع از آن نمی‌شود که استاد ستاری در برابر آن حالت تدافعی بگیرند. آیا استدلال آشکارا ضعیف استاد در برابر این تفسیر، و حذف نام کیمیاخاتون حاکی از

۱. *عشق‌نوازی‌های مولانا*، صص. ۴۱ـ۴۲.

دل زدن در برابر خیل مریدان فرضی در ذهن استاد است؟

> به اعتقاد من اما این نظر تحقیقاً از دیدگاه روان‌شناختی درست نیست، زیرا پس از غیبت شمس، همدم‌گزینی مولانا همچنان ادامه یافت و وی نیازمندوار دست در دامن عشق و ارادت مردان کامل دیگر که از کبار اصحاب کشف بودند زد و آنان را به خلافت و نیابت خویش برگزید و پس از وجود هیجان‌انگیز شمس، پیکر آرام‌بخش صلاح‌الدین آمد و در پی‌اش، نهاد سخن‌آفرین و حکمت‌جوی و معرفت‌پژوه حسام‌الدین چلبی، و اگر حسودان و یاران تنگ‌حوصله‌ی تنگ‌مغز، فتنه نمی‌کردند، هرگز از مصاحبت دیده‌وری چون شمس، روی بر نمی‌تافت و خسته و ملول نمی‌شد و احساس تنگی حال نمی‌کرد، چنان‌که در فراقش به قول افلاکی آشفته‌وار جامه بر خود چاک زد «و شورهای عظیم می‌کرد و نعره‌های پیاپی می‌زد.[1]»

در این عشق «حقیقی» هم، همدم گزینی مولانا پس از شمس، مثل هزاران مورد عشق «مجازی» دیگر، می‌تواند طبیعی‌ترین واکنشی باشد که از جانب هر دل عشق‌ورز و پرورده‌ی عشقی صورت گیرد. دیگر این‌که استاد ستاری که خود عشق شمس را «هیجان‌انگیز» و عشق چلبی و زرکوب را «آرام‌بخش» می‌نامند،

۱. همان، ص ۴۲.

بهتر می‌دانند که هیچ یک از جاگزین‌ها نتوانست جای خالی شمس را در دل مولانا پر کند. در کتاب **مثنوی** دیده‌ایم که یاد شمس چطور ناگهان جان مولانا را تشّان می‌کند و «بوی پیراهان یوسف» قرار از او می‌رباید و پرشورترین شعرها را به ادب ما ارزانی می‌کند؛ در حالی‌که با کمی دقت درمی‌یابیم که شعرهایی که در وصف صلاح‌الدین زرکوب یا حسام‌الدین چلبی آمده، در اغلب موارد، شعرهایی به مراتب ضعیف‌تر، و تصنعی‌ترند؛ شعرهایی که گویی برای بستن زبان جاگزین‌ها ساخته شده؛ مولانا گاه به مریدان خود گوشزد می‌کند که پیش روی چلبی سخن از صلاح‌الدین نگویید و در برابر هیچ‌کدام از این دو، سخن شمس را به میان نیاورید، مبادا غیرت آنان انگیخته شود. دل مولانا، دلی است که بی‌عشق نمی‌تواند قراری داشته باشد. او از گزینش جاگزین ناچار است. اما این دو جاگزین، مطیع‌تر و به‌فرمان‌تر و کم‌توقع‌تر از شمس‌اند. و حال که بال شمس پرنده چیده شده، مولانا می‌داند که چگونه با شعر و بیتی به رسم سنت، عشق‌نوازی کند و خلیفه‌های خود را نگاه دارد. در عین حال مهار احساسات این جاگزین‌ها هم کار راحتی نبوده. آقای سیروس شمیسا در مقاله‌ای عالمانه نشان می‌دهند که علت «مدتی تأخیر، در مثنوی»، نه به‌خاطر «شیرشدنِ خون»، که به علتِ به قهر رفتن حسام‌الدین و پیوستن او به مرادی دیگر بوده است.[۱]

۱. ***تحفه‌های آسمانی***، «سبب تأخیر مثنوی»، سیروس شمیسا، ص ۶۶۰.

در رمان ***کیمیاخاتون*** کشته شدن کیمیا به دست شمس‌الحق، صرفاً یک داستان تخیلی نیست. هم در ***مناقب‌العارفین*** و هم در ***مقالات شمس***، خرده روایت‌هایی هست که نشان می‌دهد مولانا هنگام بروز اختلاف میان این دختر کم‌سال و شمس سال‌دیده، مراد خود را پیش می‌خواند و از او می‌پرسد مگر این همین دختری نیست که تو در چهره‌اش جمال حق را دیده بودی؟ و شمس پاسخی می‌دهد بدین مضمون که او اشتباه کرده و حالا دریافته که ابلیس در جامه‌ی او ملبس است. فرشته / دیو، زن اثیری / لکاته در یک آن در ذهن ما آماده‌اند تا جا عوض کنند. غیرت شمس، در لحظه‌ای سیمای کیمیاخاتون را جلوه‌ی حق می‌بیند؛ اما سالی نمی‌گذرد که همین عشق غیرت‌زده و عصبی، در او مظاهر شیطانی را شناسایی می‌کند. و دیدیم که بر اساس روایت احمد افلاکی، وقتی شمس به مولانا می‌گوید که توطئه‌ی کشتن‌اش در کار است مولانا به شکلی کار را به تقدیر احاله می‌دهد و به نوعی «مصلحت» را در از میان برداشته شدن معشوق و محبوب خود می‌بیند. اگر آقای ستاری بخواهند تفسیر افضل اقبال را بپذیرند، تمام رشته‌های ما و ایشان، درباره‌ی عشق حقیقی و مجازی، پنبه می‌شود، و همه‌ی اسطوره‌های عرفانی یکجا مورد هجوم قرار می‌گیرد: چطور ممکن است عشقی آسمانی به جنایت ختم شود؟ اسطوره‌شناس و تفسیرگزار ارزنده‌ای که در شناخت اساطیر ملل، خیلی‌ها مرهون دانش ایشان‌اند، وقتی به وادی عرفان گام می‌نهند، می‌کوشند به

قیمت از دست نهادن منطق و تسلسل معنادارِ پاره‌روایت‌های متونی چون ***مقالات شمس***، ***مناقب‌العارفین*** و ***فیه‌مافیه***، به گونه‌ای دلبخواه از همه‌ی این منابع، به صورتی دستچین، استفاده‌ی مقطعی کنند و کلیت ماجرای روشنی را لت و پار کنند که این منابع به صورت قطعه‌های پازل در اختیار پژوهشگر قرار داده‌اند. به خاطر نجات سنت است که ایشان در یکجا عشق خود آزار و دیگر آزار را عشق شیفتگی می‌خوانند و آن را نیازمند روان درمانگر می‌بینند؛ و از سوی دیگر آن را برای پرواز روح به عالم لاهوت، باره‌ای چابک و اسبابی لازم معرفی کنند، طوری که انگاری برای انسان، پردازش به شعر سماواتی و همچنانی با فرشتگان یک اصل مسلم است و نه خود زندگانی. در این صورت معلوم است که در برابر شعرِ سماواتی و ایدئولوژیکِ مولانا، کشته شدن یا مرگ انسانی دیگر از اهمیتی برخوردار نیست. در حالی‌که نویسنده‌ای امروزین مثل صادق هدایت، که اصل را بر زندگی می‌گذارد و عشق بین انسان‌ها را در هیئت رابطه‌ی آدم-حوایی سرچشمه‌ی رستگاری می‌بیند، نقد این سنتِ زن‌کُش را سرلوحه‌ی داستان‌های خود قرار می‌دهد و معتقد است که تا این رابطه سامان نگیرد، هر تلاشی برای بهبود این جامعه‌ی نرینه‌سالار که رستگاری خود را در کشتن نفس و زنکشی می‌بیند به بن‌بست می‌رسد. داستان‌های کوتاه هدایت، پیوسته آسیب‌شناسی این عشق بیمارگونه را به عنوان ترجیع‌بند به یاد ما می‌آورد. مهرداد، شخصیت اصلی «عروسک پشت پرده» از نظر

خود با انگیزه‌ی عشقی راستین و معنوی است که خون زنی را با گلوله می‌ریزد و گمان می‌کند فقط به عروسکی شلیک کرده. خشتون، در «گجسته دژ» خون دختر معصوم خود را می‌ریزد تا به آرمان خوشبختی خیالی خود دست یابد؛ ولی این خود اوست که در پایان، زیر آواری از خشت و خاک دفن می‌شود. داستان «تخت ابونصر»، الواحی هزاران‌ساله از قربانی کردن زنان را به رخ تمدن باستانی ما می‌کشد... و در **بوف‌کور** مستقیماً با سنت همین عشق جگرخوار و خونریزی روبه‌رو می‌شویم که لقلقه‌ی زبان، و ورد روزمره‌ی ماست. و الگوی آن در هنر ملی ما منعکس است: یار مرا، غار مرا، عشق جگرخوار مرا. عشقی که خون‌ریزی چه از سوی عاشق و چه از سوی معشوق را فتوا می‌دهد.

در اولین سطرهای **بوف‌کور** تصویر زنی اثیری می‌آید که راوی، آن را چنین تجسم می‌دهد: «یک پرتو گذرنده، یک ستاره‌ی پرنده... یا فرشته به من تجلی کرد... آن فرشته‌ی آسمانی، آن دختر اثیری...» راوی **بوف‌کور** در قسمت اول رمان، به رغم این تظاهرات عاشقانه‌ی خود، پس از آن‌که شراب زهرآلودِ میراثی را به کام زن می‌ریزد، تصویر چشم او را به عنوان پاره‌ای تملک‌پذیر به شکل نقاشی بی‌جانی به تصاحب درمی‌آورد و سپس بدن او را تکه‌تکه می‌کند و در بیرون شهر چال می‌کند؛ یعنی همان کاری که راوی بیمار در قسمت دوم انجام می‌دهد: در آن‌جا هم او با وجود ادعاهای شیفته‌وار با کشتن همسر خود، چشم او را به ارضای حس تملک و

به انگیزه‌ی تبدیل زن به شیء مرده و تسلط‌پذیر از حدقه بیرون می‌آورد و در چنگ می‌گیرد. در بخش اول، راوی، زن را اثیری، فرشته، و مظهری از جمال آسمانی می‌خواند؛ اما در بخش دوم، زن، با صفت‌هایی مثل «لکاته،... دست عزرائیل»،... و کسی که «فاسق‌های طاق و جفت دارد»، وصف می‌شود.

آیا این تصویر از زن، همان تصویر آشنای افسانه‌ی شمس نیست که کیمیا اول برایش مظهر جمال حق است، ولی بعد به چهره‌ای شیطانی بدل می‌شود؟ همان نقش دختر ترسا ـ مظهر واقعیت و زندگی زمینی ما ـ نیست که بالأخره باید در پای شیخ صنعان، مظهر معنویت و سنت ما، بی‌هیچ دلیل آشکاری، جان دهد؟

جهان **بوف‌کور**، جهان سایه‌ها، و مثل جهان شعرِ «ایمان بیاوریم به آغاز فصل سرد»، جهان مردگان است:

> مردم این شهر به مرگ غریبی مرده بودند. همه سر جای خودشان خشک شده بودند، دو چکه خون از دهنشان تا روی لباسشان پایین آمده بود. به هر کسی دست می‌زدم، سرش کنده می‌شد می‌افتاد.[۱]

در **بوف‌کور** مردگان همه به هم شبیه‌اند؛ راوی شبیه پیرمرد خنزرپنزری است. زن لکاته شبیه زن اثیری، قصاب شبیه

---

۱. **بوف‌کور**، چاپ پرستو، چاپ دوازدهم، ص ۱۳۱.

روشنفکر... و «گویا پیرمرد خنزرپنزری، مرد قصاب، ننجون و زن لکاته‌ام همه سایه‌های من بودند». این جهان همان است که در تاریخ ما هم با نام «ملتِ مرده» آمده است:

> [آخوندزاده] در نامه‌ای که در هشتم نوامبر ۱۸۷۵ میلادی... درباره‌ی «یک کلمه» [اولین رساله درباره‌ی قانون، که به قلم مستشارالدوله نوشته شده]. به مستشارالدوله قلمی کرده است، می‌نویسد: «کتاب بی‌نظیر است، یادگار خوبی است، و نصیحت مفید است ولیکن برای ملت مرده نوشته شده است.»[۱]

در **بوف‌کور** همه‌ی مردگان میراث‌دار یک معنویت و یک مرده ریگ‌اند. مادرزن اثیری، بوگام داسی، در معبدی هندی رقصنده‌ای پرستشگر بوده. شراب معنویتی زهرآلود از سالیان گذشته آماده است تا به کام کوچک وبزرگ ریخته شود: در این‌جا نه فقط راوی روانی، که دیگران هم همه به همدیگر مظنون و مشکوک‌اند:

> «بعد ننجون به حال شاکی و رنجیده گفت: «آره دخترم (یعنی آن لکاته) صبح سحری میگه پیرهن منو تو دزدیدی! (ص ۱۶۴).

نه هرگز ممکن نبود که بچه به روی من جنبیده باشد. حتماً به

۱. *مشروطه‌ی ایرانی*، ص ۴۴.

روی پیرمرد خنزرپنزری جنبیده بود. (ص ۱۶۵).
شاجون گفت: «اگه بچه‌ام نیفتاده بود همه خونه مال ما می‌شد.» (ص ۱۶۶)...

در این‌جا، در جهان بوف‌کوری، مرز میان عشق و خشم و نفرت، و مرگ و زندگی، و نیز جداره‌های عواطف و روابط انسانی مثل تابلو آبرنگی که بر آن زرداب ریخته باشند، در هم شده:

حس کینه و عشق با هم توأم بود. (ص ۱۷۱ـ۱۷۲) گوشت تن ما را به هم لحیم کرده بودند. (ص ۱۷۳)

بر این ملکوت عارفانه، شیطان و خدا با هم درد و نکبت می‌آفرینند و زن و مرد، بیش و کم، در هیکل دیوو فرشته‌ای که هر دم جا عوض می‌کنند به یکسان از آن سیراب می‌شوند و هر یک می‌تواند روایتگر این نکبت باشد:

پیرمرد خنزرپنزری یک آدم معمولی... مثل این مردهای تخمی که زن‌های حشری و احمق را جلب می‌کنند نبود ــ این دردها؛ این قشرهای بدبختی که به سر و روی پیرمرد پینه بسته بود و نکبتی که از اطراف او می‌بارید. شاید هم خودش نمی‌دانست ولی او را مانند یک نیمچه خدا نمایش می‌داد و با آن سفره‌ی کثیفی که جلو او بود نماینده و مظهر آفرینش بود. (ص ۱۵۰)

میراثی نکبتی که هویت همگانی شده است؛ و صورتکی که از آن تا لب گور، خلاصی نیست:

> عبا روی کولم بود نمی‌دانم چرا یاد پیرمرد خنزرپنزری افتادم، او هم همین‌طور جلو بساطش قوز می‌کرد...بلند شدم عبا را دور انداختم... (ص ۱۴۵)

> شکل پیرمرد قاری، شکل قصاب، شکل زنم، همه‌ی این‌ها را در خودم دیدم... شاید فقط در موقع مرگ قیافه‌ام از قید این وسواس آزاد می‌شد و حالت طبیعی که باید داشته باشد به خودش می‌گرفت. (ص ۱۵۷)

اژدها کجا بوده؟

این بی‌هویتی مشترک در **بوف‌کور**، که آدمواره‌های داستان را از داشتن نام بی‌نیاز می‌کند، آیا همان مسخ و تلبیسی نیست که پیر گنجه در یکی از داستان‌های **هفت پیکر**، به صورت غول‌های «هیلا و غیلا» تصویرش می‌کند؟ و برزخ **بوف‌کور**، همان برهوتی نیست که چون از بالای درختی به آدم‌هایش می‌نگری، در چشمت پریانی رقصان و زیبا تجسم می‌یابند و چون از درخت پایین می‌آیی تا بر پریان آغوش بگشایی، غولانی می‌بینی که از هیبت و گند حضورشان باید به درخت‌نشینی بازگردی؟ این مسخ، همان نیست که هنوز در برهوت‌های سوخته‌ی جنوب، در هیئت زنانی تجسد

می‌یابد که، نیمی دیو و نیمی پری‌اند؟ نیم‌زنانی که در چشم مردمان منطقه، ناگهان غیب شده و اگر ردّشان را گرفته باشی در کوه به هیئت ماری درآمده‌اند. آیا این تمثیلِ «زن-مار»، این‌گونه مسخ و افسانه‌ی حیّ و حاضرِ چنین تلبیسی، از نگاه مردی جنوبی روایت شده که ردِّ زن خود را در خلوت کوهستانی جست‌وجو می‌کرده؟ یا این افسانه از ذهن زنی ساحل‌نشین شکل گرفته که گاه گاه باید شرح خاموشی خود در برابر خوارداشت‌های روزانه را با کوه، چاه یا طبیعت خود بازگو می‌کرده؛ تا در بازگشت، قوای فروریخته و خشم در خود ریخته را در هیئت ماری به چشم جامعه‌ی سرکوبگر بکشد؟ جامعه‌ای که در آن، زنان در همان حال که آتش اجاق خانه را گرم نگه می‌دارند، در تصمیم‌گیری‌ها و ساخت‌و سازهای آن جامعه باید چون دیواری خاموش باشند و ساکت بسوزند و بسازند؛ و تا همین امروز به جرم دختر زاده شدن یا دختر زادن، در برابر هر محکومیت از پیش تعیین شده‌ای، تنها واکنش‌شان خودسوزی باشد؟ خود زنان -که گویی نقش مورد نظر جامعه را پذیرفته و در هزارتویی شعبده‌وار پنهان‌اند- در گسترشِ این باور آیا نقشی کمتر از مردان دارند؟

بوف‌کور و دیگر آثار هدایت، می‌گوید جامعه‌ی زنکُش، خود از پیش مرده به دنیا آمده. ولی، در روزگاری که دلخوشانه حق چندهمسری همچون امتیازی به نرینگان تلقی می‌شود، آیا

روشنفکر امروز ما در پی تغییر این مناسبات تبعیض‌گذار است؟ ما روشنگران می‌کوشیم واقعیتی مثل: زن و اژدها هر دو در خاک به/...را شبهه‌ای بدانیم و آن را خاک کنیم. می‌گوییم چنین بیتی درباره‌ی قیاس زن و اژدها اصلاً در نسخه‌ی «چخ» یا «پخ» دیده نشده! می‌گوییم اژدها کجا بوده؟ در چنین تبرّاجویی بیش از آن‌که حرمت زنان را داشته باشیم می‌کوشیم بزرگان کلاسیک را منزه جلوه دهیم، ولی خود در عمل، زن‌ستیزی‌های خود را در شکل‌های گونه‌گون به نمایش می‌گذاریم. در رفتارمان، در کنه اشعارمان می‌شود با کمی کنجکاوی سرنخِ این زنکشی و زن-سوزی را پیدا کرد. ولی ما عکس یا نگاتیو آن را در قالب فیلمی به نمایش می‌گذاریم تا ثابت کنیم که مثلاً خودسوزی زنان در جنوب، تنها به خاطر تلقینات بوف‌کوری هدایت است، و نه در اثر بی‌توجهی به آموزش و نگاه تحقیرگر به زن؛ و نه در اثر فشارهایی که همسنگ آفتاب جنونبار جنوب، مغز آنان را پوسانده است.

اژدها برمی‌گردد

مدرنیت فردی آیا میسر است؟ آیا منِ روشنفکر قادرم گوشه‌ی اتاق خود با مدرن‌ترین ابزار و بدیع‌ترین دکوراسیون خود را مدرن بدانم؟ به‌تنهایی مدرنیت مفهومی دارد؟ اگر فکر مدرنی در مغز من شکل بندد می‌تواند مرا از آسیب خرافه‌باز دارد؟ مدرنیتِ منِ به

اصطلاح روشنگر چه‌قدر خودبسنده و حفاظت‌کننده است؟ بیرون از اتاق من، لایحه‌ای که به مجلس می‌رود چه ربطی به مدرن بودن زندگی شخصی من دارد؟ اگر من در ژرفای وجود هم با دلخوشی حق چندهمسری مخالف باشم باز لطمه‌های آن به من مربوط می‌شود. همسر من، دختر من این عقده را دارند و برای خود این حق را قائلند که به من به عنوان جنسیت سرکوبگر طعنه بزنند؛ تازه اگر خود، سرکوبگر نباشم. دختر من اگر تاب دیدن هوو نداشته باشد، زیر چشمش با مشت و لگدِ شوهر سیاه می‌شود. بعد عِرقِ پدری پای منِ مدرنگرا را به معرکه می‌کشد و من با چاقوی زنجان باید از او حمایت کنم. دختر من حق دارد از من انتظار حمایت داشته باشد؛ و حمایت و در صورت لزوم اِعمال خشونت از سوی من طبیعی می‌نماید؛ چراکه اگر دختر من به پزشکی قانونی مراجعه کند، ممکن است دیه‌ی آسیب‌دیدگی بگیرد، اما برای فشار روحی ناشی از حسادت و حس اهانت و افسردگی و ابتلای احتمالی به جنون، دیه‌ای در نظر گرفته نشده. باری، حمایت من از او همان و شکایت یا قصاص همان. آن‌وقت من مدرنگرا با چاقوکش سنتی یا اوباش چه تفاوتی دارم؟ مدرنیت فردی تا کی می‌تواند دوام بیاورد و همه چیز را به خورد خود بدهد و ادعای مدرنیت خود را پس نگیرد؟ در جامعه‌ای پیشامدرن تفاوت روشنفکر و آن‌که «اراذل و اوباش» می‌خوانیمش، به مویی بند است. از طرفی دیگر، تا تبعیض ناروا هر روز ابعادی گسترده‌تر می‌یابد، باید غرامت این را هم

بدهیم که زنان، به ظاهر بر لطافت و فریبایی خود بیفزایند، و در عمل، خشم یا افسردگی، مثل خوره روان‌شان را بخورد؛ لجاجی ظاهراً ناموجه آنان را چون کودکانی بی‌قرار چنان جلوه دهد که انگار می‌شود به‌سادگی گولشان زد؛ بی‌خبر از این‌که در باطن، آنان را واداشته‌ایم در خود فرورفته‌تر، و زخمی‌تر در پشت صخره‌های خشونت، و کوهستانی از بغض، سنگر بگیرند و روزی دو، با این وضعیت مماشات کنند، و ما مطمئن باشیم که آنان اگر از خشم به کوه هم بزنند برای همیشه در کوهستان مقیم نمی‌شوند، برمی‌گردند سر زندگی‌شان. دلخوشی‌شان بدهیم که ادبیات کلاسیک هرگز چنان اهانتی به زنان نکرده که با اژدها بسنجدشان. آری در اشعار کلاسیک و مدرن، آنان پری‌اند. ولی قصه‌ی پریان هم، نه آنان را برای همیشه سرگرم نگه‌می‌دارد، و نه ما را از هزینه‌ی آموزش و پرداخت حقوق برابر و حق مشارکت در امور اجتماعی معاف می‌کند. پریانی که روزگاری در لباس گردآفرید و هیئت عیاری پابه‌پای مردان به میدان‌ها می‌رفتند، و امروزه پابه‌پای رزمگران می‌جنگند و از مرزها نگهبانی می‌کنند، هم‌اینانی که در سخت‌ترین شرایط، مردان را در پناه خود از زیر ضربات خونین بیرون می‌برند؛ هم‌اینانند که مثل هر انسان دیگری، از خفت بیزارند. ولی قرن‌هاست که بیش از مردان با حرمت‌شکنی روبه‌رو بوده‌اند. و عجیب نیست اگر گاه خشونت‌شان، خشن‌ترین مردان را شرمسار می‌کند. اگر لطف کنیم و به جای پری‌خوانی، آنان را

مارهایی بپنداریم که در آستین می‌پروریم، به خود رحم و به آنان رحمت کرده‌ایم. چرا که این خوارداشت‌ها پریان را هم به دیو بدل تواند کرد. پریانی که درد دل باروتی خود را روزی به کوه می‌برند و بازمی‌گردند. آری بازمی‌گردند ولی این بار در هیئت اژدهایی سرد مهر که آتشبارشان، حیات جمعی ما را نابود می‌کند!

در دنیای امروز نه‌تنها جلوه‌های مدنی و حقوقیِ زنان روز به روز پررنگ‌تر به نظر می‌آید، بلکه در نمایش‌های بیرونیِ غرب ــ در هیئت بازیگران جهانی فوتبال مثلاً ــ که جایگزین گلادیاتورها شده‌اند ــ دو قطبِ انسانیِ جنسیت زنانه ـ مردانه هر چه بیشتر به هم شبیه می‌شود و مردان، با آرایش، رفتار و اطواری نر ـ ماده جلوه می‌کنند؛ در چنین احوالی، در جامعه‌ی ما آدم‌لِتی‌ها، وضعیتی بی‌شفقت و مهر گریخته، ما را از این سربام فرو می‌اندازد و هر دم بر تبعیض و تکه‌پارگی جنسیتی و غیرتی حصارآفرین تأکیدی دوباره می‌کند.

رابطه‌ی هویت و خشونت

بحرانِ گذار در جامعه‌ی ایران، از سویی ما را به هشدار جهانیِ ژولیا کریستوا توجه می‌دهد؛ و ارتباط بین بی‌هویت‌سازی زنان جهان سوم و کشش آنان به سوی تروریسم و خشونت را به عنوان بمبی با قدرت تخریب گسترده به یادمان می‌آورد:

... اما چه قدرت مهیبی برای واژگون‌سازی در دنیای مدرن!
و چه بازی خطیری!

بی‌آن‌که بخواهیم وضعیت زن در غرب را الگویی دلخواه بدانیم؛ دستکم باید پذیرفت که غرب با همه‌ی برده‌سازی و استثمار پنهانی زنان خود، می‌کوشد چنگال‌های تملک‌طلبی خود را پنهان نگه دارد چرا که تلاش هنرمندان و روشنفکرانی مثل نیچه از دیرباز، بر کار دولتمردان سایه انداخته و جامعه‌ی خود را به شناخت و چاره‌گری فرا خوانده:

> دیری است که در زن، برده‌ای و خودکامه‌ای نهان گشته‌اند. از این رو زن را توان دوستی نیست: او تنها عشق را می‌شناسد. عشق زن در برابر هر چه که دوست نداشته باشد بیدادگر و کور است. و حتی در عشق هشیارانه‌ی زن هنوز در کنار روشنی همواره شبیخون است و آذرخش و شب.[۱]

و از سوی دیگر، از مشروطه به این سو، زنگ خطر تنزّل و پاشندگی در سراشیب عاطفی، دیری است که در آثار حساس‌ترین دیده‌بان‌های ادبی ما همچون شمس کسمایی، فروغ فرخزاد، صادق هدایت، منوچهر آتشی، نیما یوشیج، سهراب سپهری و... به طنین درآمده و امروز نشانه‌های آن بیش از هر دوران دیگری به نمایش گذاشته شده. تجدیدنظر در اهمیتِ جایگاه و پرورشِ زنان آزاده، آیا سرمایه‌گذاریِ پاسخ‌گویی نیست که در این شیب عاطفی،

---

۱. **چنین گفت زرتشت**، داریوش آشوری، چاپ هشتم، ص ۷۹.

چشم‌اندازی تعالی‌بخش را نوید دهد؟ در این دیرگاه تاریخیِ ما برای جبران ــ که خوشبختانه همچون توفیقی اجباری الگوها و انتخاب‌های گونه‌گونی هم در دسترس قرار می‌دهد ــ این انتظار دیرینه‌ی فرهنگ‌وران معاصر آیا ناسنجیده به دیده می‌آید که بر سرمایه‌گذاری روی زنان و مشارکت دادن آنان عملاً تجدیدنظر کنیم؟ اگر دولتمردان ما خدای‌ناکرده حس کنند که جامعه به سمت فساد میل کرده، و این وضعیت به یاری خودی‌ها رسانه‌ای شده، آیا ایجاد امکان برای چندهمسریِ مرد می‌تواند حتی اندکی از حجم فساد بکاهد؟ تردید داریم که پاسخ مثبت باشد؛ چراکه زنان مؤمن باسواد، این کار را مکروه می‌بینند؛ زنان مؤمن بی‌سواد آن را از بیرون با بغض می‌نگرند، و زنان دگراندیش آن را توهینی به زنیّت تلقی می‌کنند. مردان هم اگر جزء اقلیت محدودی باشند که از آن امتیاز منتفع می‌شوند، ترجیحاً میلی به آشکارسازی آن ندارند؛ اگر هم دست‌شان کوتاه باشد احساس تبعیض می‌کنند، و اگر کمی فکر داشته باشند، می‌بینند که نیمی از جامعه چطور نیمه‌ی دیگر را ــ که خود در آن قرار دارند ــ علیه خود شورانده است. و در جواب توپخانه‌ی حریف، هر چه می‌گویند «به من چه؟ آش‌اش را کس دیگری خورده، کاسه‌اش چرا سر من شکسته شود؟» افاقه‌ای نمی‌کند و حریف توپ‌اش پر است که «تو هم خدا را شکر هنوز یک تنبانت، دو تا نشده، واِلا از همان قماشی!» و واقعیت این‌که مردان در برابر دفاع صنفی زنان، همه در صف دشمن بالقوه قرار

می‌گیرند. و این تازه ظاهر قضیه است؛ تخم نفاق پاشیده شده تا روح زنانه‌ی جامعه را عملاً دچار اضطرابی دائم کند و دامنه‌های آن‌چه فسادش می‌خوانیم گسترده‌تر شود؛ کین‌جویی‌های پنهان رفته‌رفته جای خود را به شرارت‌های دهشتناکی دهد که گاه‌گاه خبر وقوع‌اش را در صفحه‌ی حوادث می‌بینیم. چگونه است که ما با آرمانِ وحدت میل داریم نیمی از جامعه را به دشمن خانگی بدل کنیم؟ از این‌ها گذشته، آیا تاکنون آماری گرفته شده که بدانیم زنان هوودار تا چه حد رضایت‌خاطر دارند؟ آیا مرد دوزنه با هر وضعیت مالیِ ممکن، از شاهانی که حرمسرا داشتند متمول‌تر شده؟ یا زنان امروز از نظر درک، نسبت به زنان حرم‌های قاجار ــ که از وقایع پشت پرده‌شان پرده‌برداری شده ــ عقب‌ترانـد؟ اگر حتی امکان چندهمسری را برای اقلیتی از زنان امتیاز به حساب آوریم، آیا همین امتیازبندی، در حکم بی‌هویت‌سازی برای اکثریتی بسیار وسیع‌تر از زنان محسوب نمی‌شود؟ بی‌هویتی نسبت مستقیمی با خشونت و جنایت ندارد؟ کم‌بها دادن و فرونگری به زنان تاکنون جز گسترده‌تر کردن فضای ریا و چندچهرگی حاصلی داشته؟ جامعه‌ی مردینه با شیءانگاری زن چه گلی به سر ما زده؟

زنان داوطلبانه ــ و به‌رغم تمایل مردان ــ در جبهه‌ها کمتر از مردان جانفشانی نکردند، و همچون نویسنده‌ی ***کتاب دا*** مادرانه تنفر خود از ستیز مردانه‌ای که حیات انسانی را دود می‌کند و به هوا می‌فرستد، به کتابت درآوردند. آیا هنوز هنگامه‌ای نرسیده که جهان

مردانه نتیجه‌ی عمل خود را از منظری زنانه هم بسنجد و قادر باشد به جهان و به دیگری همچون آفرینه‌ای نگاه کند که خود آن را زاده است؟ آیا زمانه‌ی آن نرسیده که در نوع نگاه خود تجدیدنظر کنیم؟ آیا وقت آن نرسیده که در ساختار اجتماعی، سهم مشارکت زنان را هم‌پای مردان لحاظ کنیم و با سرمایه‌گذاری درازمدت بر آموزش با نیت به رسمیت شناختن حقِ هویت و سپردن امور به زنان، اعتماد از دست رفته در هزاران سال ماضی را پایه‌ریزی کنیم؟ اگر زنان را موجوداتی احساساتی تلقی می‌کنیم که هر دم در معرض اشتباه و خطا هستند، آیا از خود نمی‌توان پرسید عملکرد مردینه تاکنون مگر شاخ کدام غول را شکسته؟ اگر اولویت‌های سیاسی ما این پرسش فرهنگی را به برهه‌ای دیگر واگذار می‌کند، پرسش دیگر این است که آیا محدودیت‌گذاری، تبعیض و حق‌کشی‌های مردینه نسبت به زنان، سرانجام ــ هر چند بطئی ــ روزی پیکره‌ای مسخ، عقب مانده و رقت‌بار روی دست جامعه نخواهد گذاشت؟ و تلفات این خسران، جنگ‌ها و بمباران‌های اتمی را روسپید نخواهد کرد؟ هولناکی تصوّر این پیکره که کابوسش از مشروطه آغاز شده، امروز به کابوس با چشمان باز بدل شده. وضعیتی حاکی از تراژدیِ صدها سال ستم تاریخی که امروز ما فقط سایه‌بازی و صحنه‌ی نمایشی زیرزمینی از آن را شاهدیم. و ما اگر بدون آن وجدانی به تماشا نشسته باشیم که تراژدی به شوق آن بر صحنه آمده، این تراژدی در کسوتی دیگر و صحنه‌ای وسیع‌تر به ما و حتی به جوامع غربی درسی هولناک خواهد

آموخت. جوامعی که به قول نیچه از تمامیت و کمال زنان هراس‌بارند:

> این‌جا مردانگی کم است: از این رو زنانشان خود را مردوار می‌سازند. زیرا تنها آن کس که به کفایت از مردی بهره دارد، زنانگی را در زن آزاد می‌کند.[۱]

این تراژدی، پیش از آن‌که بر صحنه بیاید، پیش از آن‌که در شکل فمینیسم جدایی خواه جلوه‌گر شود، مثل کابوسی تنها به خواب هنرمندانی آمده که چون شمس کسمایی، هدایت و فروغ فرخزاد نگاهی مرکب، کل‌نگر و زنانه ـ مردانه داشته‌اند. مردگان هزار ساله‌ی شعر فروغ و «شرمسار»ِی «نیمه‌ی پنهانی»اش، همان است که در سخنان روزانه‌ی او چنین بازتاب می‌یابد: «آرزوی من، آزادی زنان ایران و تساوی حقوق آنان با مردان است. و من به رنج‌هایی که خواهرانم در این مملکت در اثر بی‌عدالتی‌های مردان می‌برند کاملاً واقفم و نیمی از هنرم را برای تجسم دردها و آلام آن‌ها به کار می‌برم.»[۲] نیمه‌ای از نگاه و هنر فروغ، که نگران جهان رو به انزوای مردانه و یکپارچگی جامعه به مثابه یک پیکره است. آیا این نگاه، همان توصیه‌ی هانا آرنت به خوشبختی جامعه از راه مشارکت همگانی را تداعی نمی‌کند که معتقد است: «هیچ‌کس خوشبخت یا آزاد نیست مگر آن‌که در قدرت همگانی سهیم و

---

۱. همان، ص ۲۵۳.

۲. ***شناخت‌نامه‌ی فروغ فرخزاد***، گردآورنده: شهناز مرادی کوچی، نشر قطره، ص ۱۵.

شریک باشد؟»[1] نگاهی که در آثار ادبی امروز از زاویه‌ی دید فمینیسمی خودنگر، حوّایی زخم‌خورده را نشان می‌دهد که سرخورده، در خود فرورفته و بی‌اعتنا «آدم» را وامی‌نهد تا در هبوطی تنها بر سراندیب خودبینی‌های دیرینه‌ی خویش فرو افتد و متلاشی شود. خودبینی‌های آدم-لتی‌ای که هنوز در نامگذاری خود، در واژه‌ی «آدم»، بر اشارتی موهن به همزاد و نیمه‌ی دیگر خود تأکید می‌ورزد، و در میان تکه‌پاره‌های خود «انسان کامل» را جست و جو می‌کند!

بهمن ۸۸

۱. **انقلاب**، هانا آرنت، ص ۳۶۱.

کتابنامه

آبراهامیان، یرواند، **ایرانیان بین دو انقلاب**، ترجمه‌ی احمد گل‌محمدی و محمدابراهیم فتحی، نشر نی، ۱۳۸۷.

آجودانی، ماشاءالله، **مشروطه‌ی ایرانی**، انتشارات اختران، ۱۳۸۳.

آرنت، هانا، **انقلاب**، ترجمه‌ی عزت‌الله فولادوند، انتشارات خوارزمی، ۱۳۶۱.

ابجدیان، دکتر امرالله، **تاریخ ادبیات انگلیس**، انتشارات دانشگاه شیراز، ۱۳۶۶

امین‌پور، قیصر، **سنت و نوآوری در شعر معاصر**، انتشارات علمی، ۱۳۸۳.

بهار، ملک‌الشعرا، **تاریخ احزاب سیاسی ایران**، انتشارات امیرکبیر، ۱۳۲۳.

تبریزی، شمس‌الدین محمد، **مقالات شمس**، انتشارات خوارزمی، ۱۳۶۹.

حسینی، مریم، **ریشه‌های زن‌ستیزی در ادبیات کلاسیک فارسی**، نشر چشمه، ۱۳۸۸.

حقیقی، مانی (گزینش و ویرایش) **سرگشتگی نشانه‌ها**، نشر مرکز، ۱۳۷۴.

دهگان، فرامرز، «شعر موقعیت» روزنامه‌ی **اعتماد ملی**، ۳۱ تیر ۱۳۸۵.

رومی، مولانا جلال‌الدین، **فیه مافیه**، نشر نامک، ۱۳۸۵.

ـــــــ، **مکتوبات**، مولانا جلال‌الدین رومی، مرکز نشر دانشگاهی، ۱۳۷۱.

ـــــــ، **مثنوی معنوی**، نشر ققنوس، ۱۳۸۰.

ـــــــ، **دیوان کبیر**، انتشارات امیرکبیر، ۱۳۲۵.

؟؟؟؟؟؟؟ **نفحات‌الانس**، انتشارات اطلاعات، ۱۳۸۲.

ستاری، جلال، **عشق‌نوازی‌های مولانا**، انتشارات ؟، ۱۳۸۴.

شمیسا، سیروس، «سبب تأخیر مثنوی»، **تحفه‌های آسمانی**، انتشارات سخن، ۱۳۸۴.

فرخزاد، فروغ، **تولدی دیگر**، انتشارات ؟، ۱۳؟

ـــــــ، **ایمان بیاوریم به آغاز فصل سرد**، انتشارات مروارید، ۱۳۶۹.

لنگرودی، شمس، **تاریخ تحلیلی شعر نو**، نشر مرکز، ۱۳۷۰.

مرادی کوچی، شهناز، (گردآورنده) **شناخت‌نامه‌ی فروغ فرخزاد**، نشر قطره، ۱۳۷۹.

نیچه، فریدریش، **چنین گفت زرتشت**، ترجمه‌ی داریوش آشوری، انتشارات آگاه، چاپ هشتم، ۱۳۷۲.

هدایت، صادق، **بوف‌کور**، کتاب پرستو: (چاپ دوازدهم)، ۱۳۴۸.

؟؟؟؟؟؟؟؟ **مناقب‌العارفین**، دنیای کتاب، ۱۳۸۵.